LA MATADRAGONES
–CUENTOS DE LATINOAMÉRICA–
POR JAIME HERNANDEZ

A TOON GRAPHIC
TOON BOOKS, NEW YORK

Para Carsy

Traducción: MARÍA E. SANTANA

Dirección editorial y diseño del libro: FRANÇOISE MOULY

Editora asociada y documentación: ALA LEE

Diseños y motivos aztecas: GENEVIEVE BORMES

Color: ALA LEE

Los dibujos de JAIME HERNANDEZ están realizados con tinta china y coloreados digitalmente.

PARA LECTORES VISUALES
TOON
GRAPHICS

A TOON Graphic™ © 2017 Jaime Hernandez & TOON Books, un sello editorial de RAW Junior, LLC, 27 Greene Street, New York, NY 10013. TOON Books® y TOON Graphics™ son marcas registradas de RAW Junior, LLC. *La matadragones* y *Tup y las hormigas* están basados en *Latin American Folktales: Stories from Hispanic and Indian Traditions* de John Bierhorst, Pantheon Books, © 2002 John Bierhorst. *Martina Martínez y el Ratoncito Pérez* © 2006 por Alma Flor Ada y F. Isabel Campoy, publicado originalmente en *Cuentos que contaban nuestras abuelas,* Atheneum Books for Young Readers. Utilizados con permiso. Todos los derechos reservados. Ninguna parte de este libro podrá ser utilizada ni reproducida en ningún formato sin permiso escrito, excepto en el caso de citas breves dentro de artículos críticos y reseñas. Todos nuestros libros se encuadernan con cosido Smyth (la encuadernación de más alta calidad disponible) y se imprimen con tintas de base de soja en papel químico libre de ácido, fabricado mediante procesos respetuosos con el medio ambiente. Impreso en China por C&C Offset Printing Co., Ltd. Distribuido comercialmente por Consortium Book Sales and Distribution, Inc.; pedidos (800) 283-3572; orderentry@ perseusbooks.com; www.cbsd.com. Los datos de registro de esta publicación se encuentran disponibles en el catálogo de la Biblioteca del Congreso en https://lccn.loc.gov/2017042011. También está disponible una edición en inglés, *The Dragon Slayer: Folktales from Latin America.*

ISBN 978-1-943145-28-7 (Edición en inglés en cartoné)
ISBN 978-1-943145-29-4 (Edición en inglés en cartoné)
ISBN 978-1-943145-30-0 (Edición en español en cartoné)
ISBN 978-1-943145-31-7 (Edición en español en rústica)
18 19 20 21 22 23 C&C 10 9 8 7 6 5 4 3 2 1

WWW.TOON-BOOKS.COM

IMAGINACIÓN Y TRADICIÓN

por F. Isabel Campoy

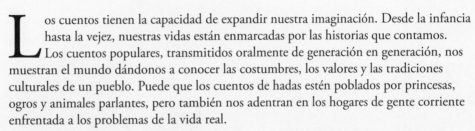

"Si quieres que tus hijos sean inteligentes, léeles cuentos de hadas. Si quieres que sean aún más inteligentes, léeles más cuentos de hadas."

—Atribuido a ALBERT EINSTEIN

CAIMÁN

LAGARTO

CIERVO

PERRO

JAGUAR

BUITRE

Pictogramas aztecas y mayas

Los cuentos tienen la capacidad de expandir nuestra imaginación. Desde la infancia hasta la vejez, nuestras vidas están enmarcadas por las historias que contamos. Los cuentos populares, transmitidos oralmente de generación en generación, nos muestran el mundo dándonos a conocer las costumbres, los valores y las tradiciones culturales de un pueblo. Puede que los cuentos de hadas estén poblados por princesas, ogros y animales parlantes, pero también nos adentran en los hogares de gente corriente enfrentada a los problemas de la vida real.

Todo lo que sucede en la tierra de los cuentos populares o los cuentos de hadas nació antaño de la magia pura de la fértil imaginación de un cuentacuentos. Conforme las historias iban creciendo y cambiando cada vez que se contaban, lo anecdótico se fue volviendo universal. A menudo, los cuentos populares contienen una moraleja; en lugar de decirnos cómo debemos actuar, nos muestran las consecuencias de actuar bien y mal para ayudarnos a desarrollar nuestra inteligencia social y emocional. Nos enseñan a ser mejores personas.

La herencia latinoamericana es rica y diversa, una mezcla singular del Nuevo y del Viejo Mundo que abarca todo un continente atravesando numerosas fronteras y culturas. Cuando llegaron los españoles en el siglo XV, trajeron con ellos sus cuentos medievales, llenos de dragones y castillos. Pero, dado que España es, también, una tierra en la encrucijada de muchas culturas, esos cuentos contenían ya influencias católicas, judías, árabes y moriscas. El encuentro de los europeos con las culturas maya, azteca, inca y de los nativos americanos –extendidas también por la tierra y el tiempo– produjo una de las tradiciones de cuentacuentos más variada y diversa, con cuentos para todos los gustos.

Un tema recurrente en la experiencia latina es la celebración de una mujer fuerte. Como tantas señoras y señoritas de las familias hispanas, las madres, hijas y hermanas independientes de estos cuentos populares poseen la fuerza interior para hacer frente a los obstáculos y superar la adversidad. Pero, sobre todo, los cuentos populares latinoamericanos transmiten la idea de que la magia puede ocurrir en cualquier momento. Escuchen estas historias y cuéntenselas a otros; compartir estos cuentos nos afirmará en nuestras comunidades y nos ofrecerá una ventana a otras.

MONO

CONEJO

SERPIENTE

ÁGUILA

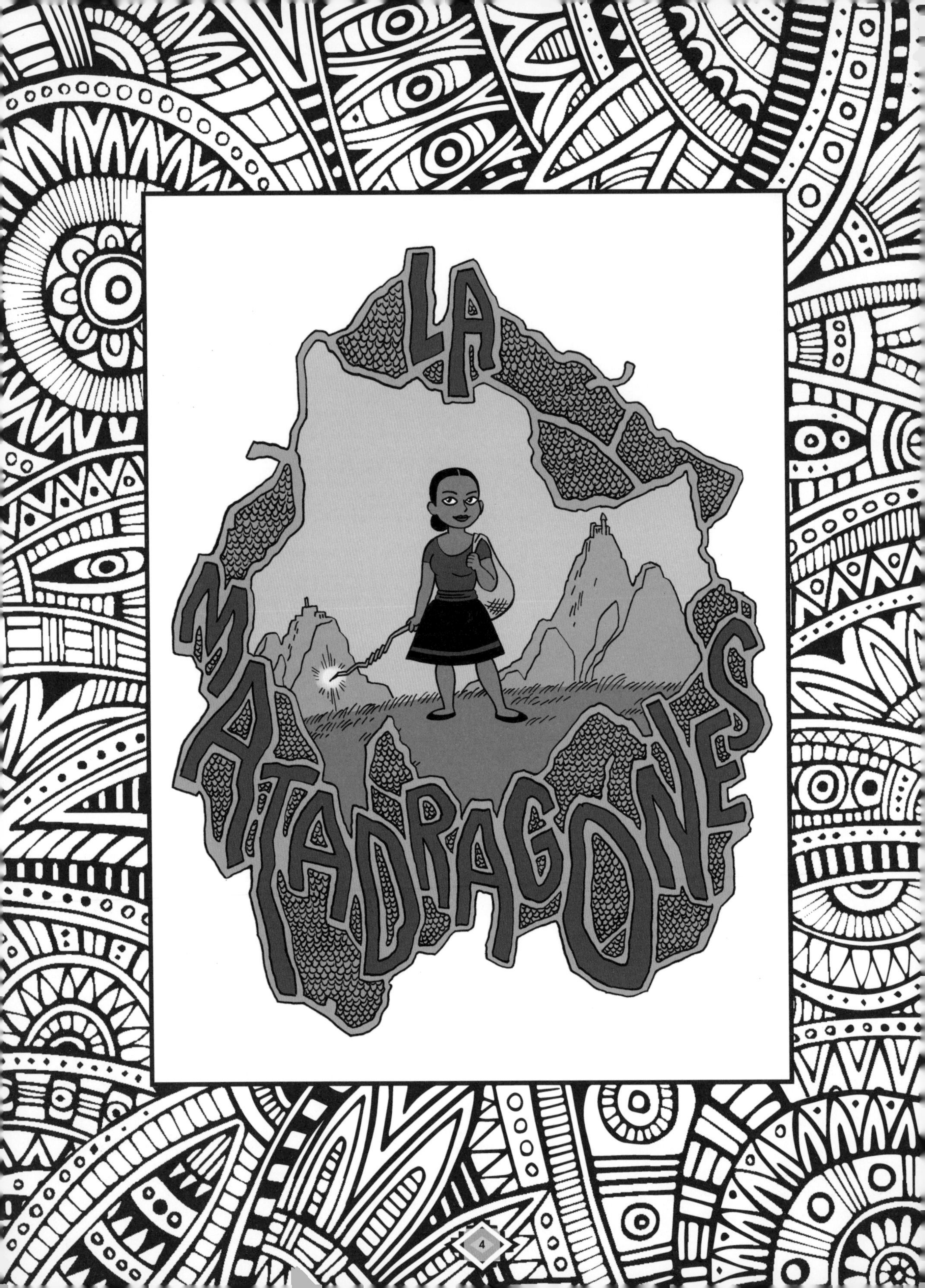
LA MATADRAGONES

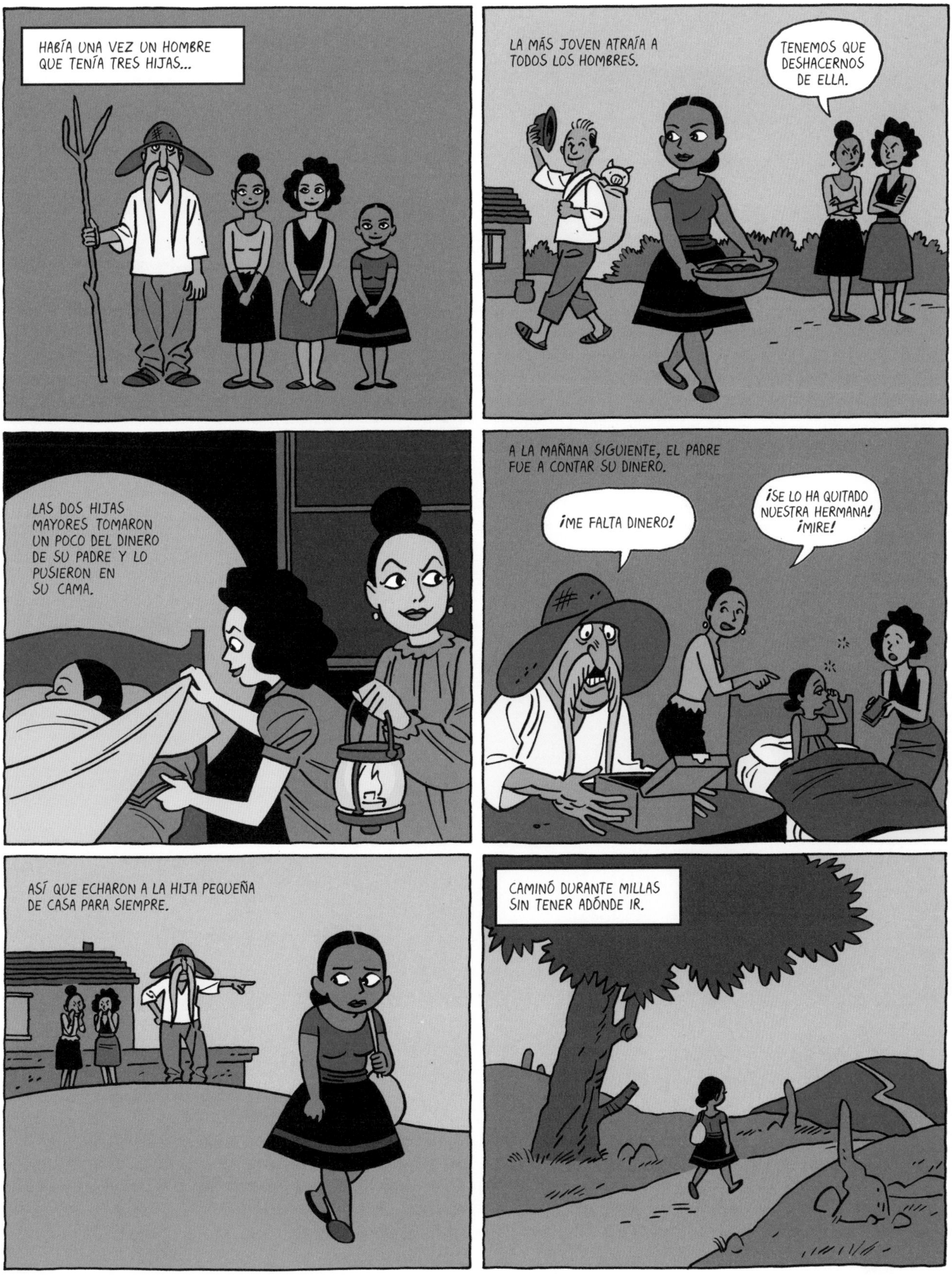

HABÍA UNA VEZ UN HOMBRE QUE TENÍA TRES HIJAS...
LA MÁS JOVEN ATRAÍA A TODOS LOS HOMBRES.
TENEMOS QUE DESHACERNOS DE ELLA.
LAS DOS HIJAS MAYORES TOMARON UN POCO DEL DINERO DE SU PADRE Y LO PUSIERON EN SU CAMA.
A LA MAÑANA SIGUIENTE, EL PADRE FUE A CONTAR SU DINERO.
¡ME FALTA DINERO!
¡SE LO HA QUITADO NUESTRA HERMANA! ¡MIRE!
ASÍ QUE ECHARON A LA HIJA PEQUEÑA DE CASA PARA SIEMPRE.
CAMINÓ DURANTE MILLAS SIN TENER ADÓNDE IR.

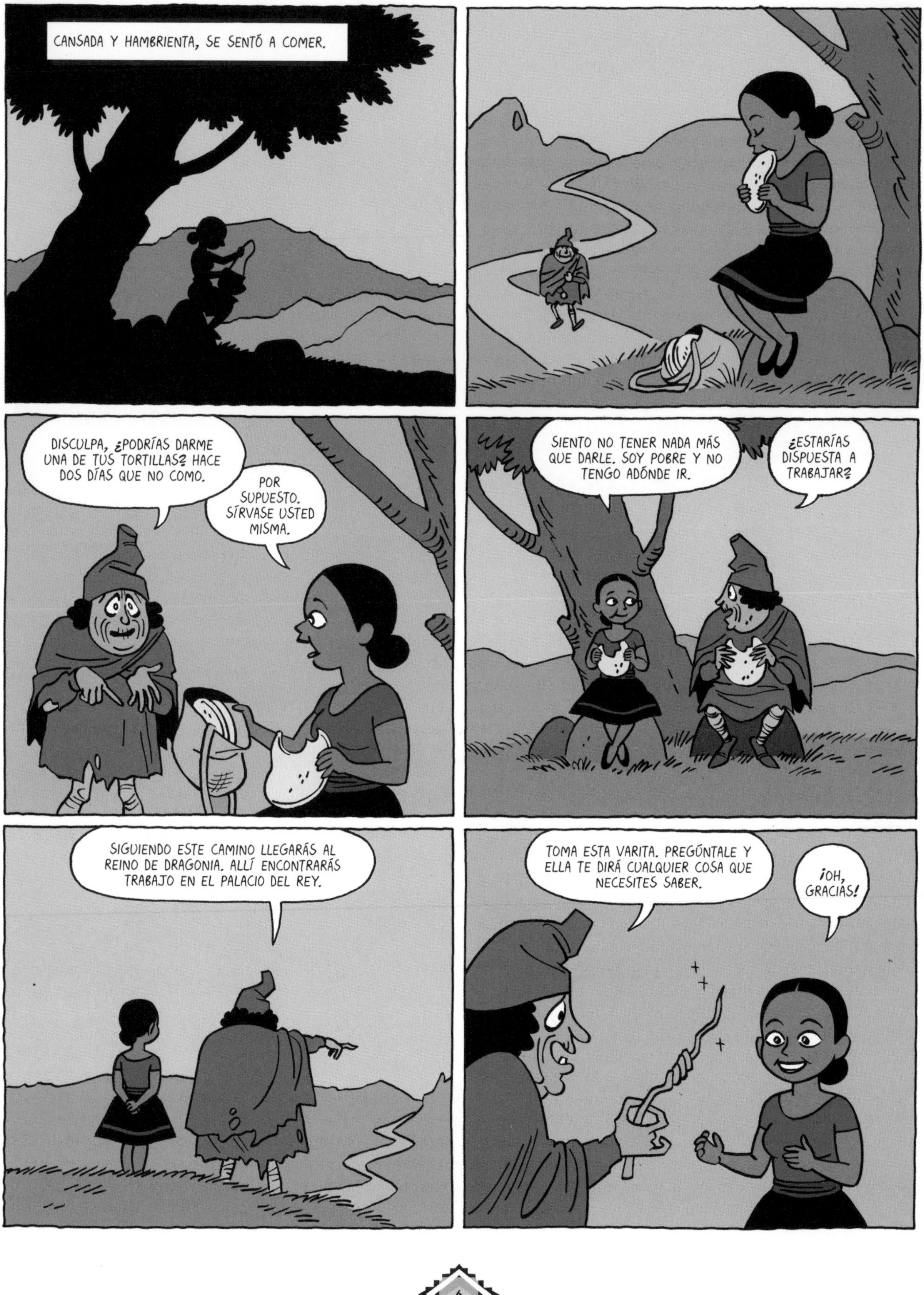
CANSADA Y HAMBRIENTA, SE SENTÓ A COMER.
DISCULPA, ¿PODRÍAS DARME UNA DE TUS TORTILLAS? HACE DOS DÍAS QUE NO COMO.
POR SUPUESTO. SÍRVASE USTED MISMA.
SIENTO NO TENER NADA MÁS QUE DARLE. SOY POBRE Y NO TENGO ADÓNDE IR.
¿ESTARÍAS DISPUESTA A TRABAJAR?
SIGUIENDO ESTE CAMINO LLEGARÁS AL REINO DE DRAGONIA. ALLÍ ENCONTRARÁS TRABAJO EN EL PALACIO DEL REY.
TOMA ESTA VARITA. PREGÚNTALE Y ELLA TE DIRÁ CUALQUIER COSA QUE NECESITES SABER.
¡OH, GRACIAS!

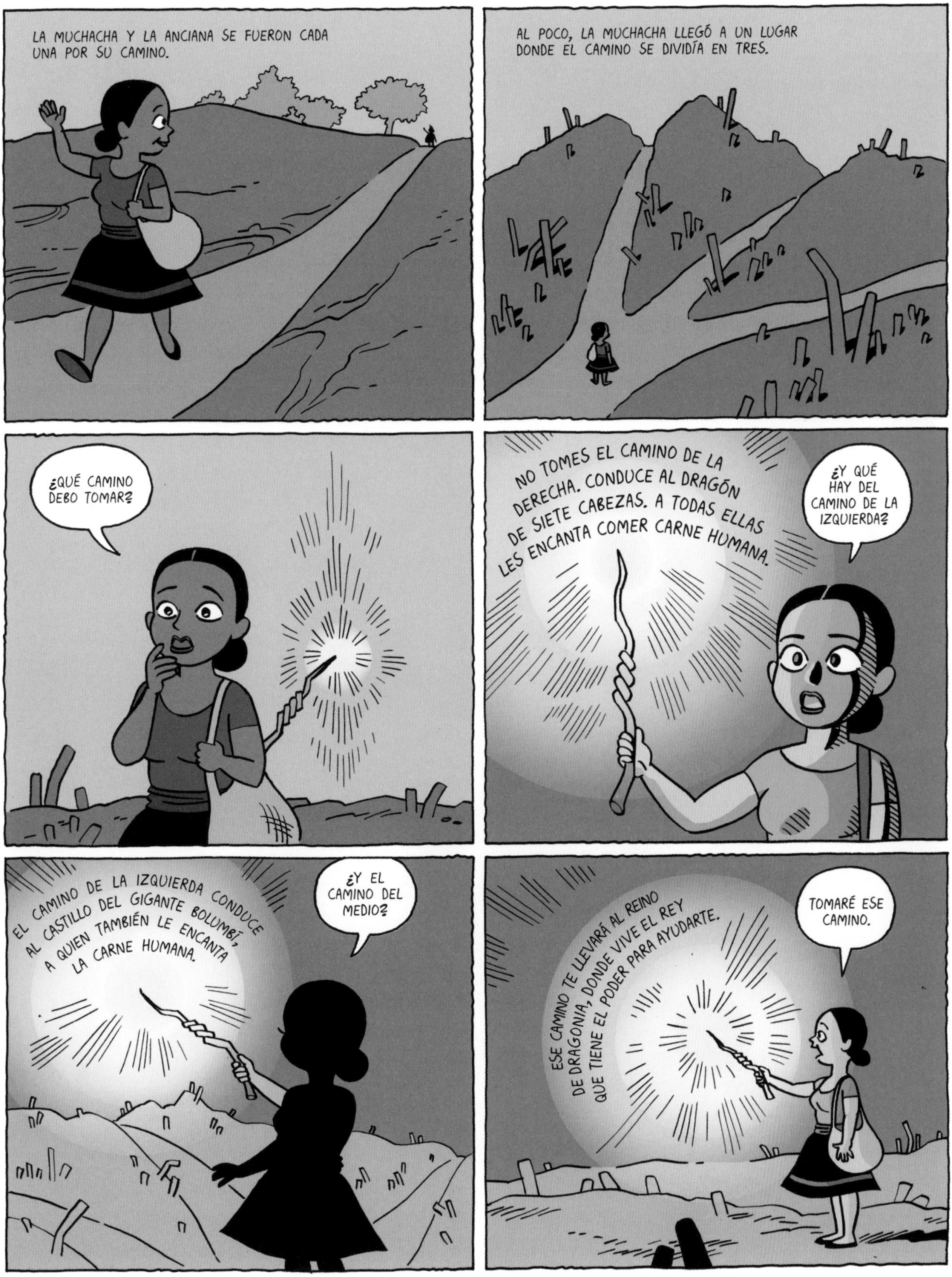

LA MUCHACHA Y LA ANCIANA SE FUERON CADA UNA POR SU CAMINO.
AL POCO, LA MUCHACHA LLEGÓ A UN LUGAR DONDE EL CAMINO SE DIVIDÍA EN TRES.
¿QUÉ CAMINO DEBO TOMAR?
NO TOMES EL CAMINO DE LA DERECHA. CONDUCE AL DRAGÓN DE SIETE CABEZAS. A TODAS ELLAS LES ENCANTA COMER CARNE HUMANA.
¿Y QUÉ HAY DEL CAMINO DE LA IZQUIERDA?
EL CAMINO DE LA IZQUIERDA CONDUCE AL CASTILLO DEL GIGANTE BOLUMBÍ, A QUIEN TAMBIÉN LE ENCANTA LA CARNE HUMANA.
¿Y EL CAMINO DEL MEDIO?
ESE CAMINO TE LLEVARÁ AL REINO DE DRAGONIA, DONDE VIVE EL REY QUE TIENE EL PODER PARA AYUDARTE.
TOMARÉ ESE CAMINO.

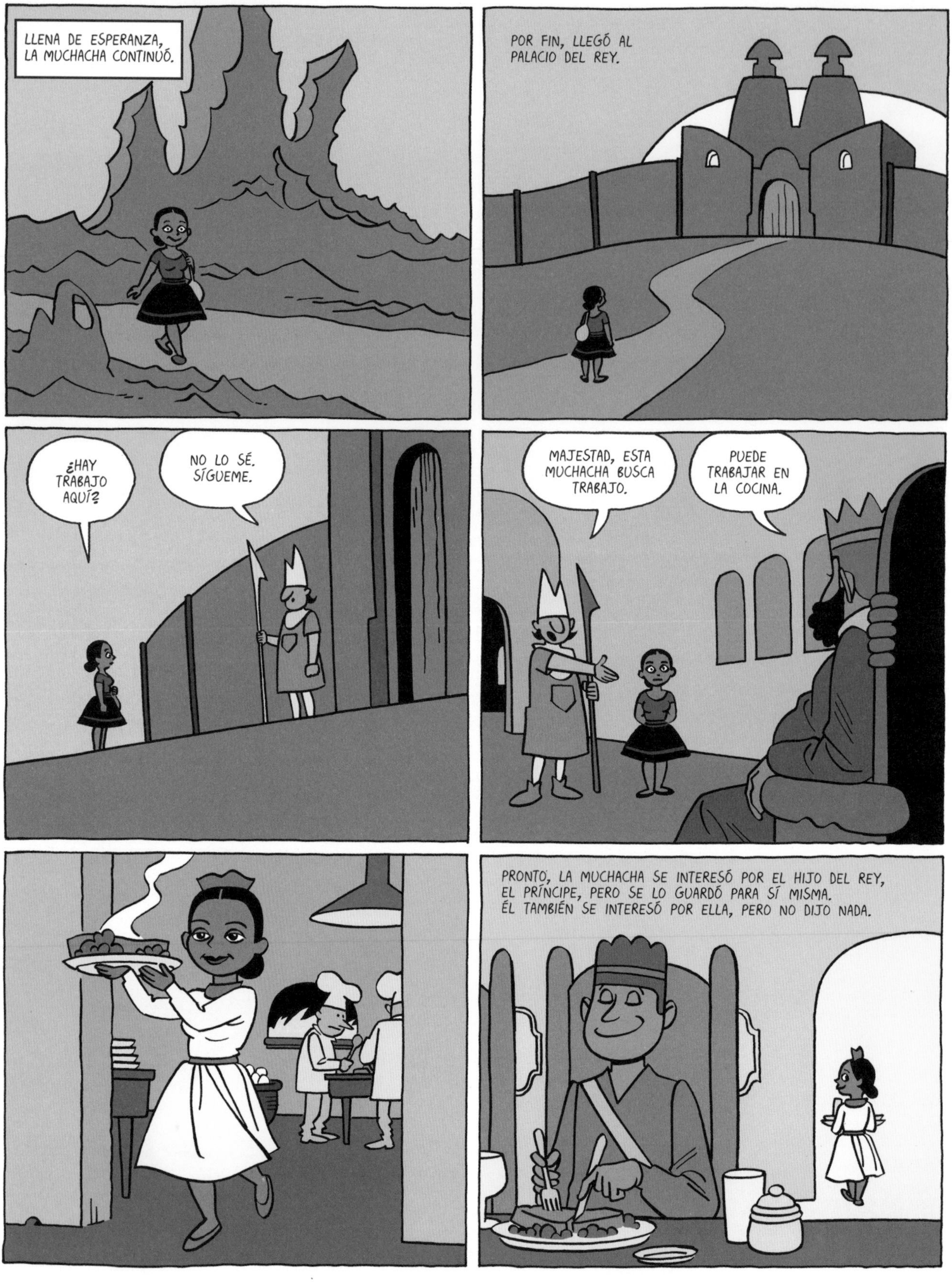
LLENA DE ESPERANZA, LA MUCHACHA CONTINUÓ.
POR FIN, LLEGÓ AL PALACIO DEL REY.
¿HAY TRABAJO AQUÍ?
NO LO SÉ. SÍGUEME.
MAJESTAD, ESTA MUCHACHA BUSCA TRABAJO.
PUEDE TRABAJAR EN LA COCINA.
PRONTO, LA MUCHACHA SE INTERESÓ POR EL HIJO DEL REY, EL PRÍNCIPE, PERO SE LO GUARDÓ PARA SÍ MISMA.
ÉL TAMBIÉN SE INTERESÓ POR ELLA, PERO NO DIJO NADA.

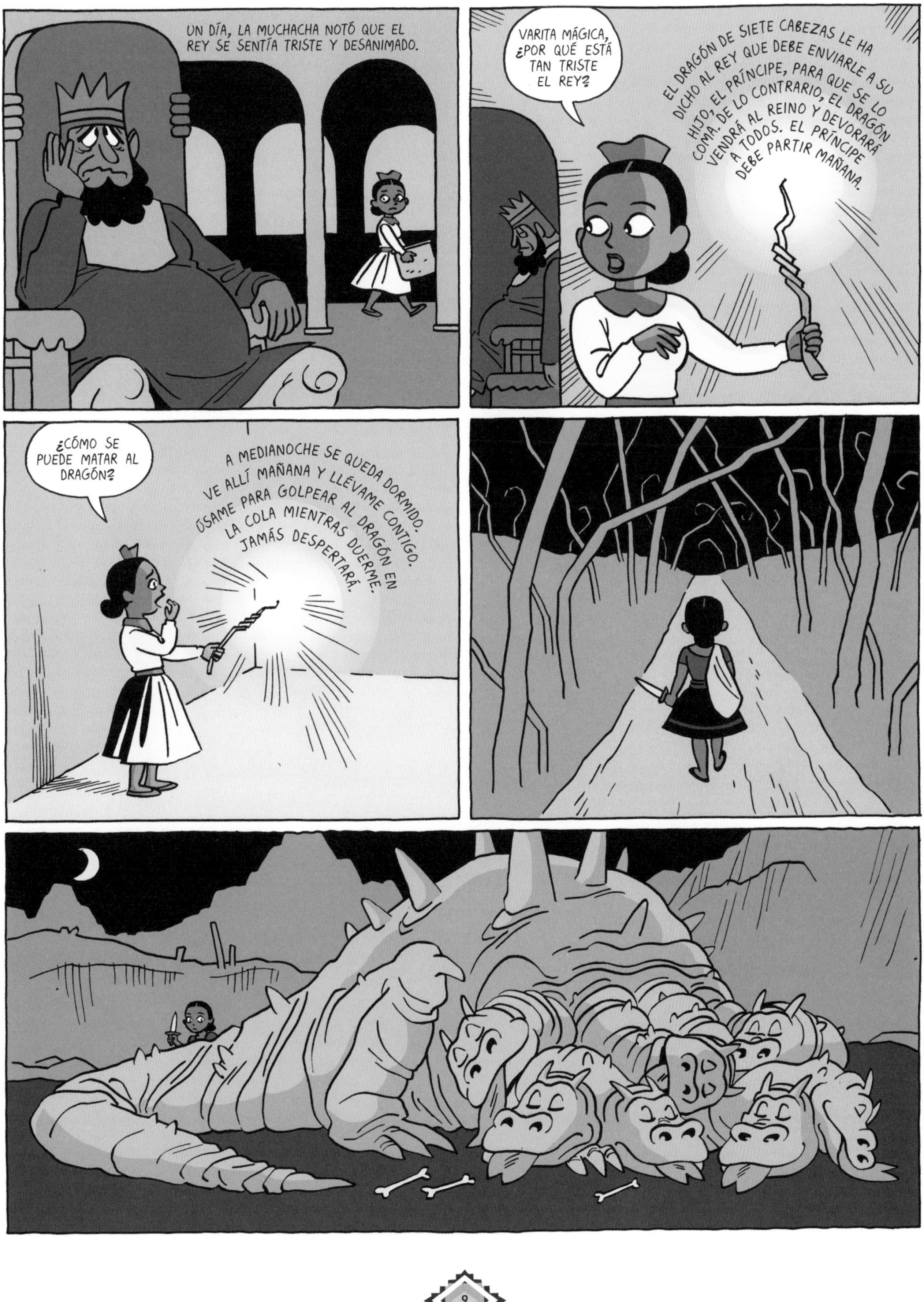
UN DÍA, LA MUCHACHA NOTÓ QUE EL REY SE SENTÍA TRISTE Y DESANIMADO.
VARITA MÁGICA, ¿POR QUÉ ESTÁ TAN TRISTE EL REY?
EL DRAGÓN DE SIETE CABEZAS LE HA DICHO AL REY QUE DEBE ENVIARLE A SU HIJO, EL PRÍNCIPE, PARA QUE SE LO COMA. DE LO CONTRARIO, EL DRAGÓN VENDRÁ AL REINO Y DEVORARÁ A TODOS. EL PRÍNCIPE DEBE PARTIR MAÑANA.
¿CÓMO SE PUEDE MATAR AL DRAGÓN?
A MEDIANOCHE SE QUEDA DORMIDO. VE ALLÍ MAÑANA Y LLÉVAME CONTIGO. ÚSAME PARA GOLPEAR AL DRAGÓN EN LA COLA MIENTRAS DUERME. JAMÁS DESPERTARÁ.

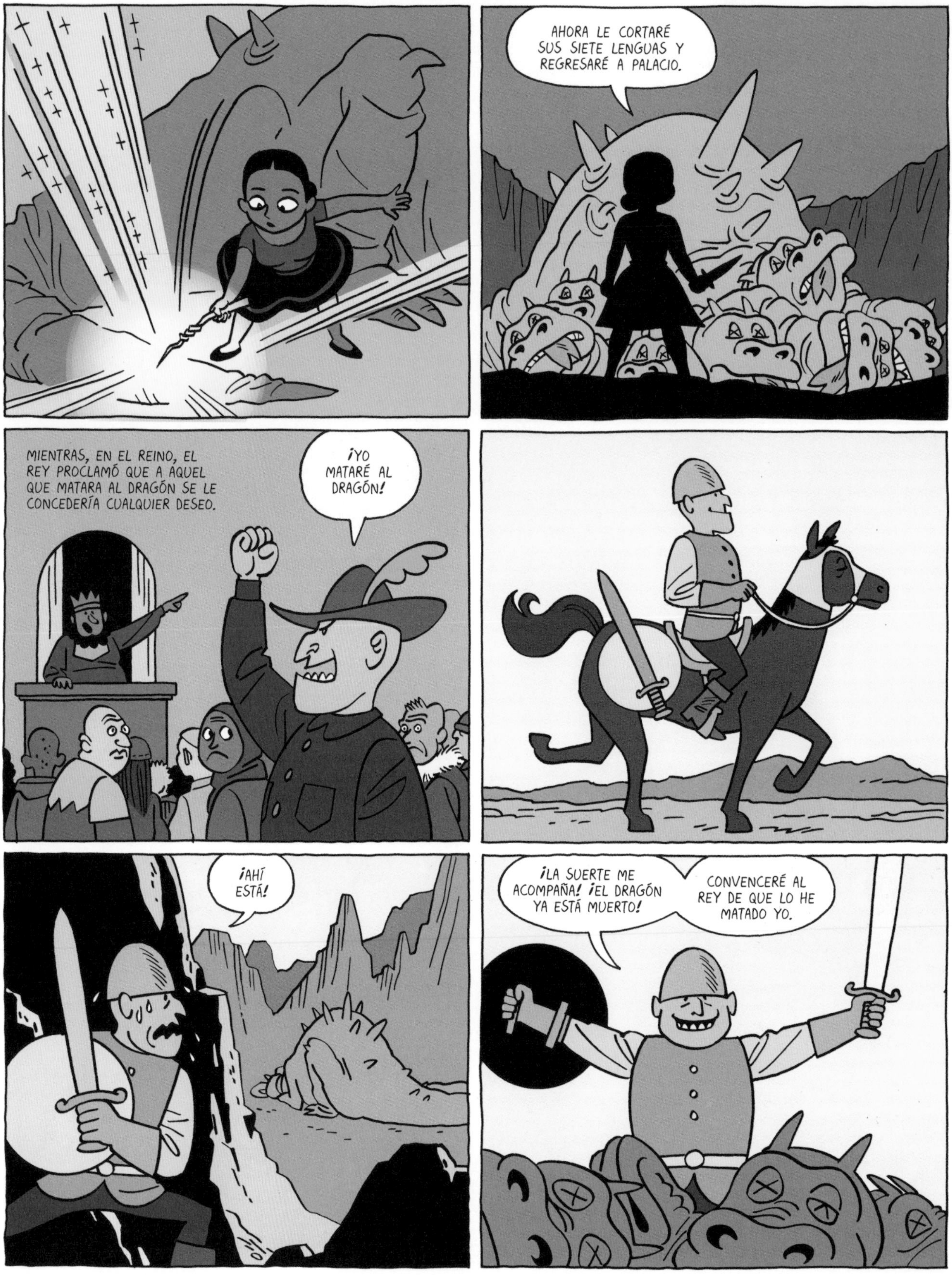
AHORA LE CORTARÉ SUS SIETE LENGUAS Y REGRESARÉ A PALACIO.
MIENTRAS, EN EL REINO, EL REY PROCLAMÓ QUE A AQUEL QUE MATARA AL DRAGÓN SE LE CONCEDERÍA CUALQUIER DESEO.
¡YO MATARÉ AL DRAGÓN!
¡AHÍ ESTÁ!
¡LA SUERTE ME ACOMPAÑA! ¡EL DRAGÓN YA ESTÁ MUERTO!
CONVENCERÉ AL REY DE QUE LO HE MATADO YO.

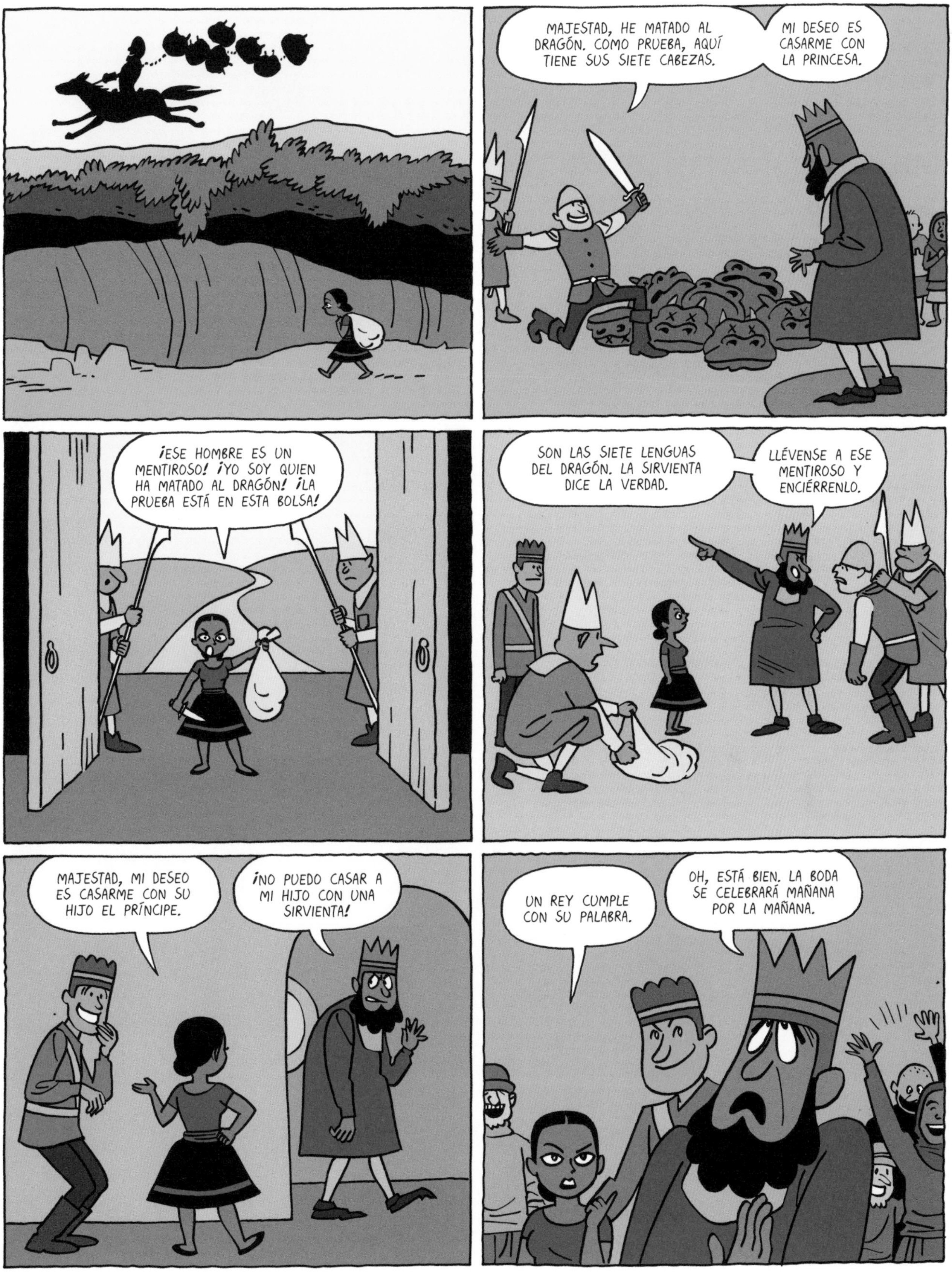

MAJESTAD, HE MATADO AL DRAGÓN. COMO PRUEBA, AQUÍ TIENE SUS SIETE CABEZAS.
MI DESEO ES CASARME CON LA PRINCESA.
¡ESE HOMBRE ES UN MENTIROSO! ¡YO SOY QUIEN HA MATADO AL DRAGÓN! ¡LA PRUEBA ESTÁ EN ESTA BOLSA!
SON LAS SIETE LENGUAS DEL DRAGÓN. LA SIRVIENTA DICE LA VERDAD.
LLÉVENSE A ESE MENTIROSO Y ENCIÉRRENLO.
MAJESTAD, MI DESEO ES CASARME CON SU HIJO EL PRÍNCIPE.
¡NO PUEDO CASAR A MI HIJO CON UNA SIRVIENTA!
UN REY CUMPLE CON SU PALABRA.
OH, ESTÁ BIEN. LA BODA SE CELEBRARÁ MAÑANA POR LA MAÑANA.

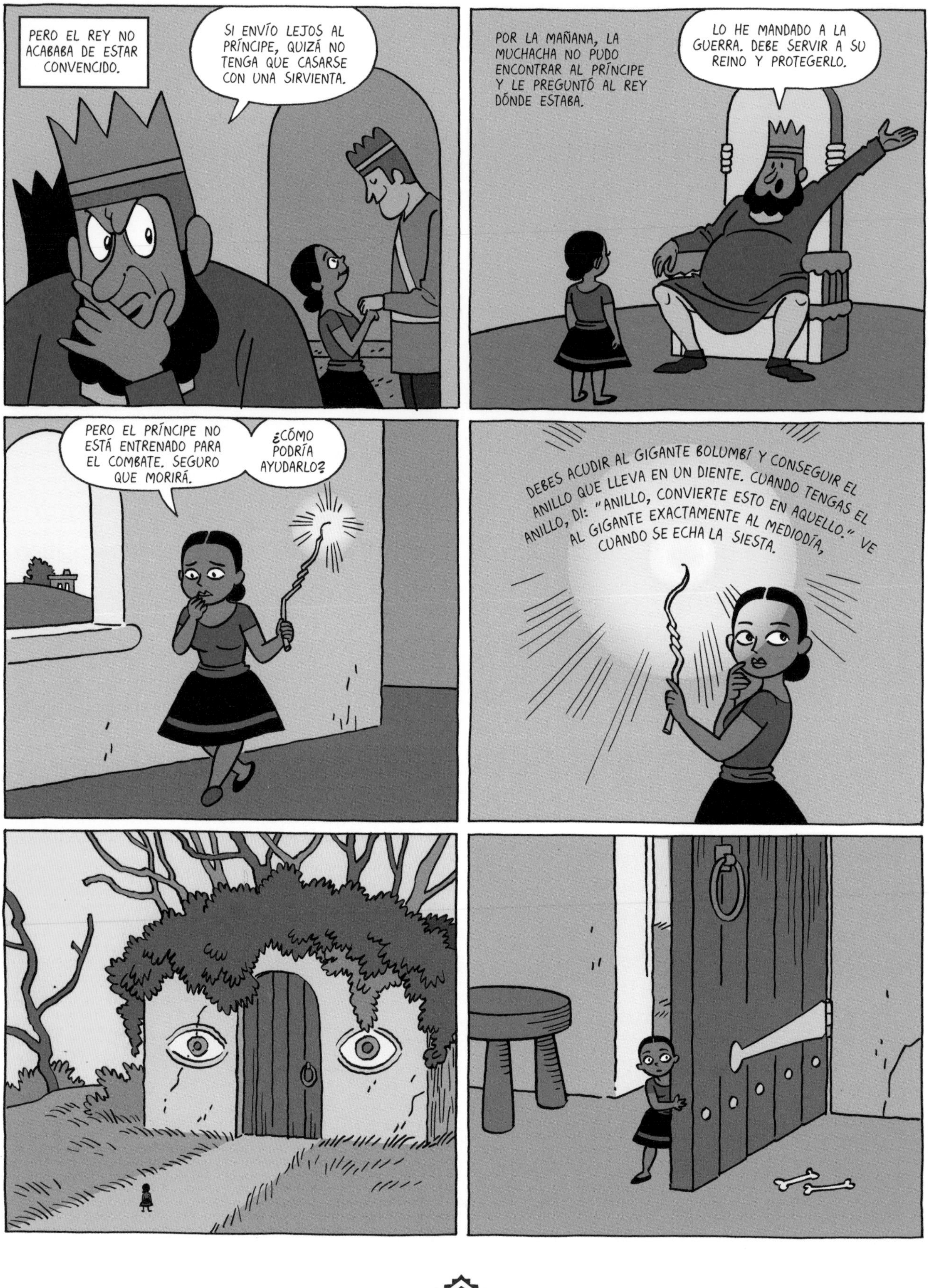
PERO EL REY NO ACABABA DE ESTAR CONVENCIDO.
SI ENVÍO LEJOS AL PRÍNCIPE, QUIZÁ NO TENGA QUE CASARSE CON UNA SIRVIENTA.
POR LA MAÑANA, LA MUCHACHA NO PUDO ENCONTRAR AL PRÍNCIPE Y LE PREGUNTÓ AL REY DÓNDE ESTABA.
LO HE MANDADO A LA GUERRA. DEBE SERVIR A SU REINO Y PROTEGERLO.
PERO EL PRÍNCIPE NO ESTÁ ENTRENADO PARA EL COMBATE. SEGURO QUE MORIRÁ.
¿CÓMO PODRÍA AYUDARLO?
DEBES ACUDIR AL GIGANTE BOLUMBÍ Y CONSEGUIR EL ANILLO QUE LLEVA EN UN DIENTE. CUANDO TENGAS EL ANILLO, DI: "ANILLO, CONVIERTE ESTO EN AQUELLO." VE AL GIGANTE EXACTAMENTE AL MEDIODÍA, CUANDO SE ECHA LA SIESTA.

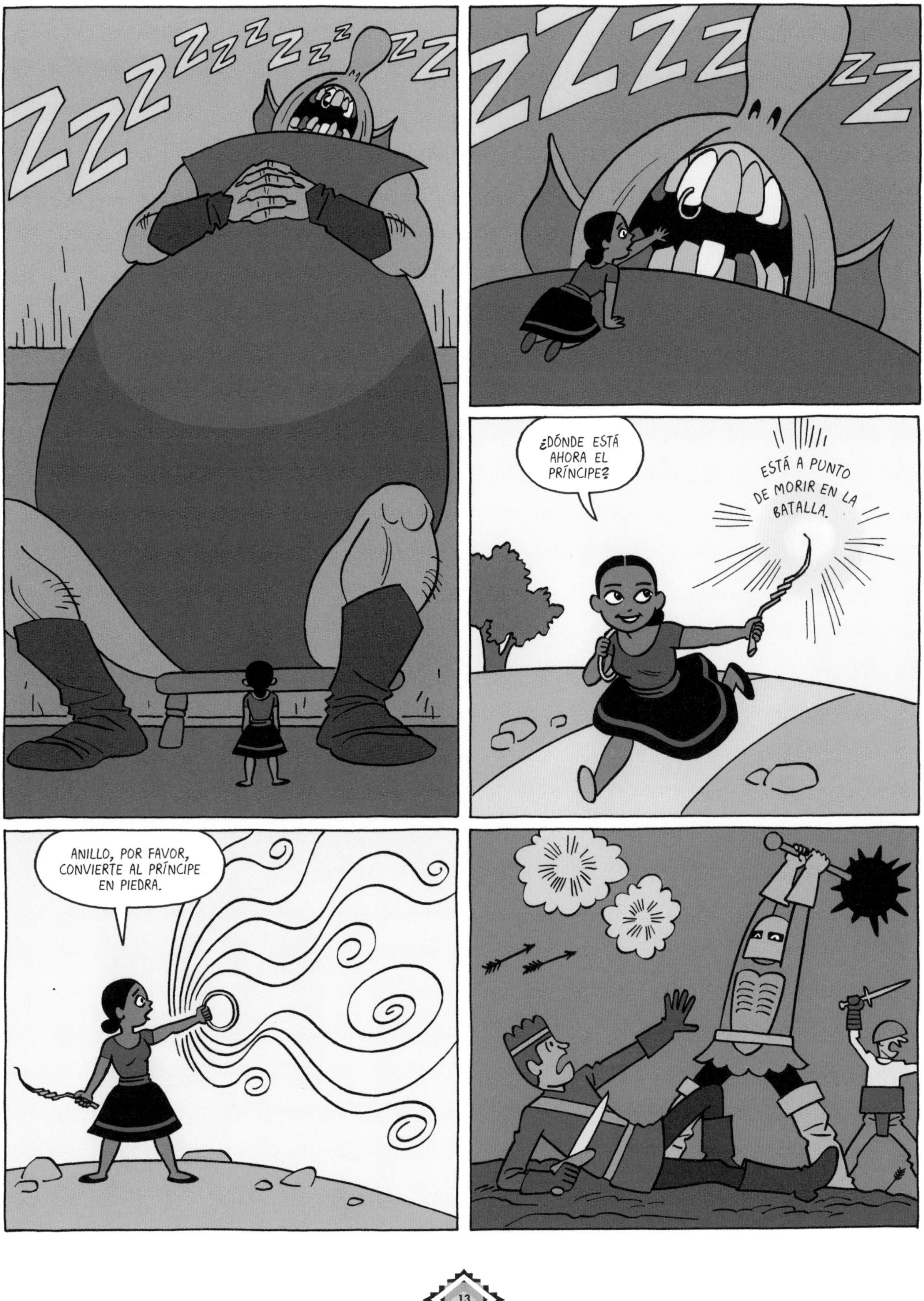
ZZZZZZZZZZZ
ZZZZZZZ
¿DÓNDE ESTÁ AHORA EL PRÍNCIPE?
ESTÁ A PUNTO DE MORIR EN LA BATALLA.
ANILLO, POR FAVOR, CONVIERTE AL PRÍNCIPE EN PIEDRA.

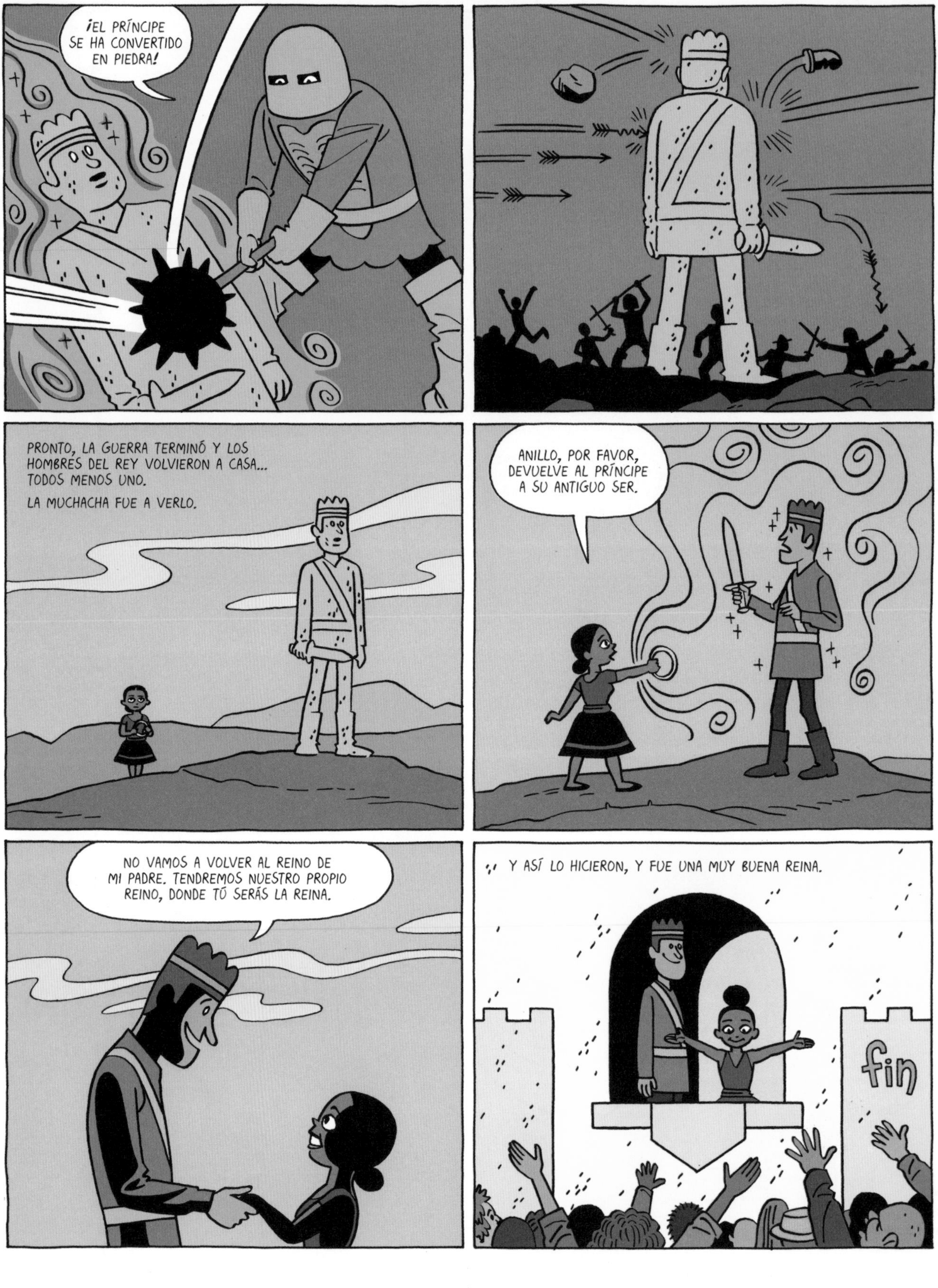
¡EL PRÍNCIPE SE HA CONVERTIDO EN PIEDRA!
PRONTO, LA GUERRA TERMINÓ Y LOS HOMBRES DEL REY VOLVIERON A CASA... TODOS MENOS UNO.
LA MUCHACHA FUE A VERLO.
ANILLO, POR FAVOR, DEVUELVE AL PRÍNCIPE A SU ANTIGUO SER.
NO VAMOS A VOLVER AL REINO DE MI PADRE. TENDREMOS NUESTRO PROPIO REINO, DONDE TÚ SERÁS LA REINA.
Y ASÍ LO HICIERON, Y FUE UNA MUY BUENA REINA.
fin

MARTINA MARTÍNEZ y el RATONCITO PÉREZ

Un cuento de **ALMA FLOR ADA** del libro *"Cuentos que contaban nuestras abuelas"*.

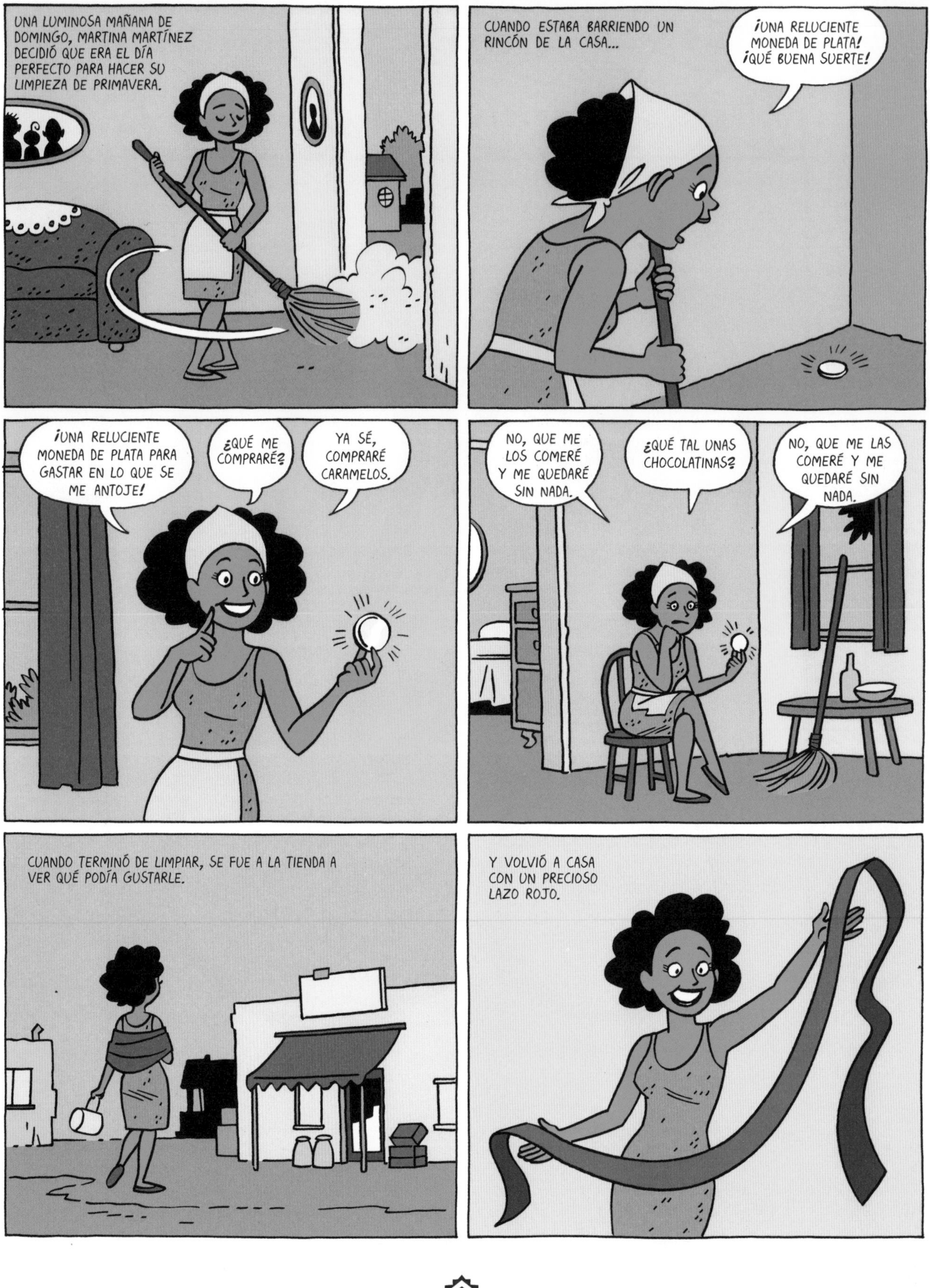
UNA LUMINOSA MAÑANA DE DOMINGO, MARTINA MARTÍNEZ DECIDIÓ QUE ERA EL DÍA PERFECTO PARA HACER SU LIMPIEZA DE PRIMAVERA.
CUANDO ESTABA BARRIENDO UN RINCÓN DE LA CASA...
¡UNA RELUCIENTE MONEDA DE PLATA! ¡QUÉ BUENA SUERTE!
¡UNA RELUCIENTE MONEDA DE PLATA PARA GASTAR EN LO QUE SE ME ANTOJE!
¿QUÉ ME COMPRARÉ?
YA SÉ, COMPRARÉ CARAMELOS.
NO, QUE ME LOS COMERÉ Y ME QUEDARÉ SIN NADA.
¿QUÉ TAL UNAS CHOCOLATINAS?
NO, QUE ME LAS COMERÉ Y ME QUEDARÉ SIN NADA.
CUANDO TERMINÓ DE LIMPIAR, SE FUE A LA TIENDA A VER QUÉ PODÍA GUSTARLE.
Y VOLVIÓ A CASA CON UN PRECIOSO LAZO ROJO.

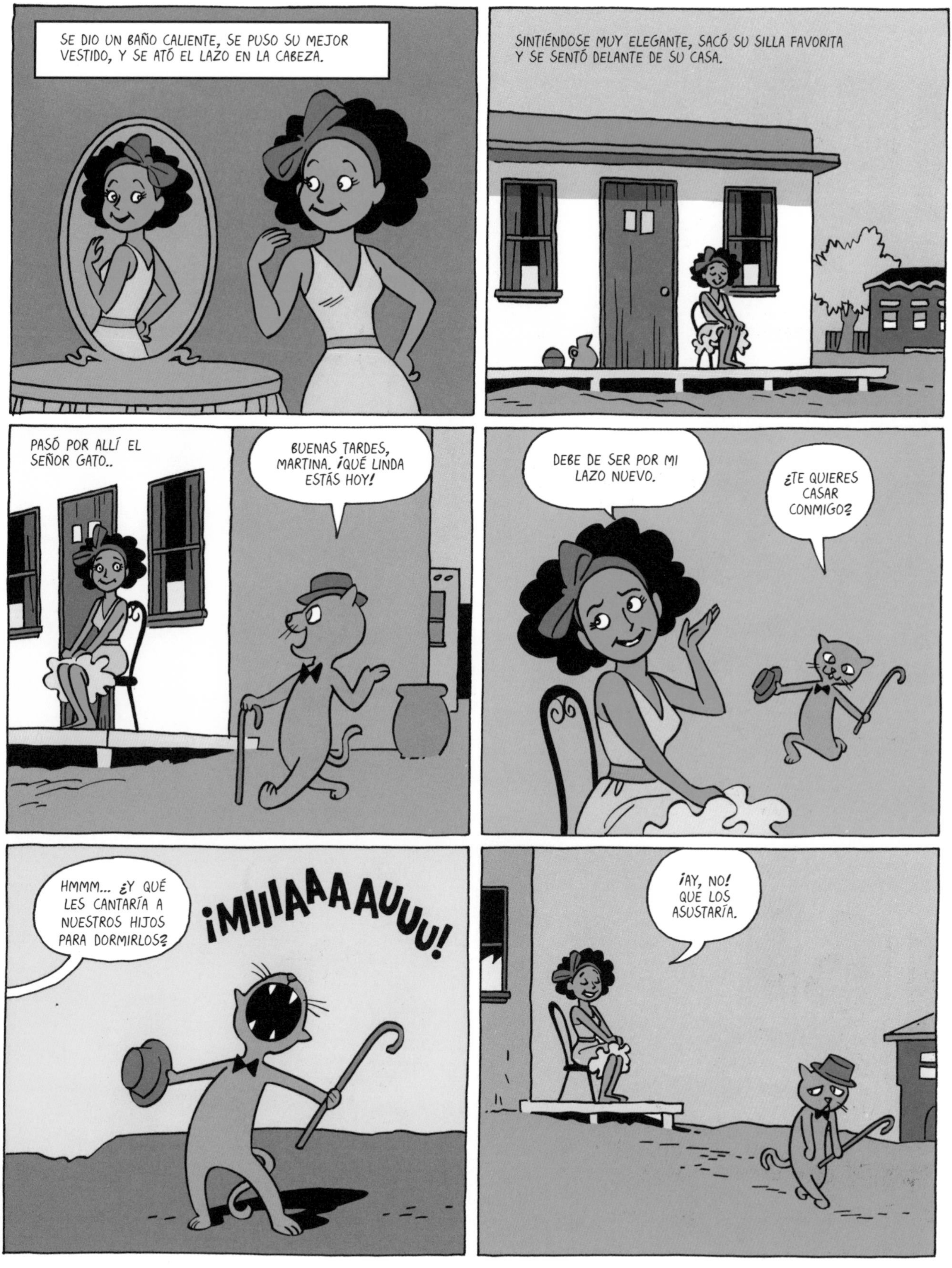

SE DIO UN BAÑO CALIENTE, SE PUSO SU MEJOR VESTIDO, Y SE ATÓ EL LAZO EN LA CABEZA.
SINTIÉNDOSE MUY ELEGANTE, SACÓ SU SILLA FAVORITA Y SE SENTÓ DELANTE DE SU CASA.
PASÓ POR ALLÍ EL SEÑOR GATO..
BUENAS TARDES, MARTINA. ¡QUÉ LINDA ESTÁS HOY!
DEBE DE SER POR MI LAZO NUEVO.
¿TE QUIERES CASAR CONMIGO?
HMMM... ¿Y QUÉ LES CANTARÍA A NUESTROS HIJOS PARA DORMIRLOS?
¡MIIIAAAAUUU!
¡AY, NO! QUE LOS ASUSTARÍA.

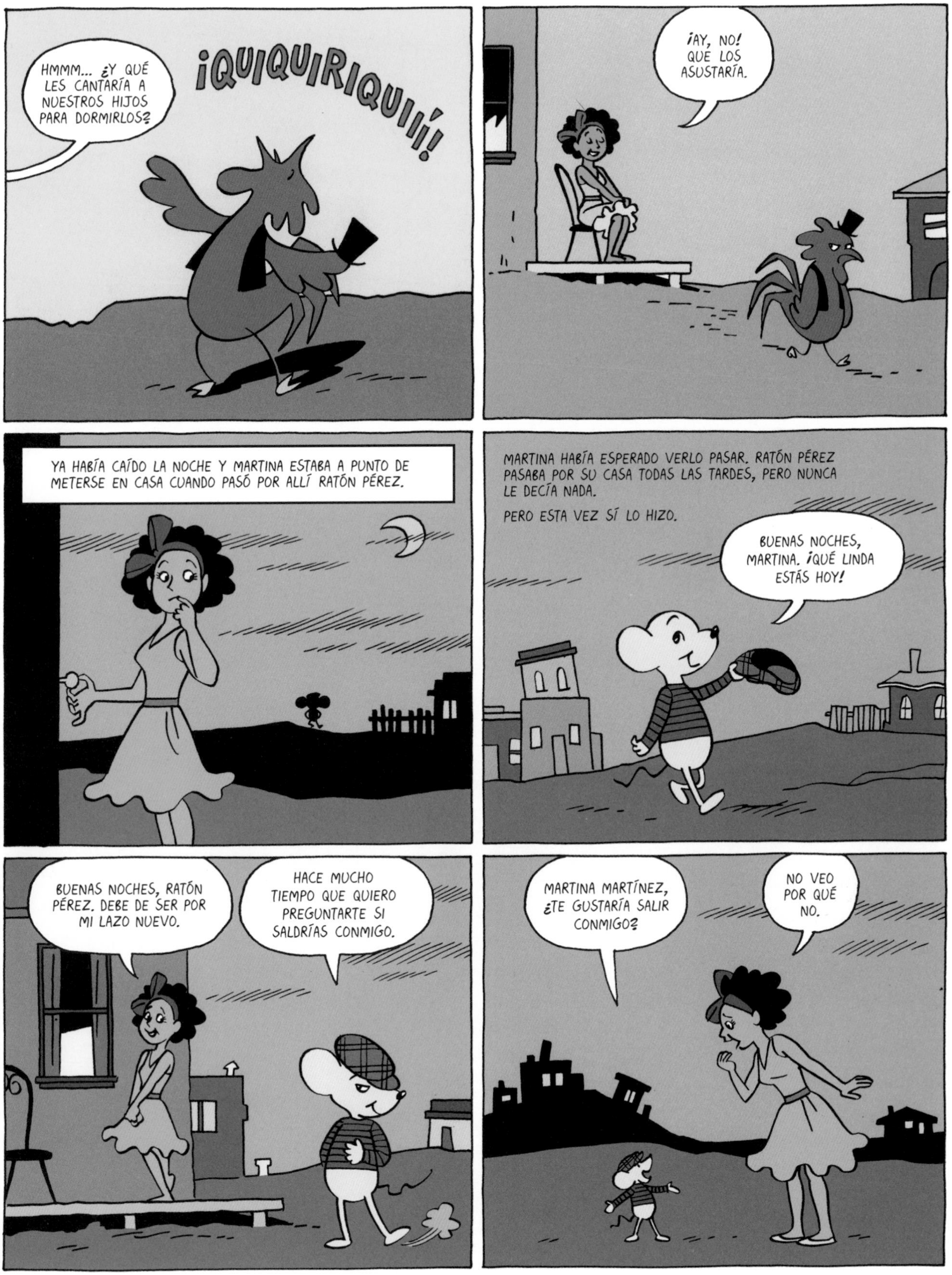
HMMM... ¿Y QUÉ LES CANTARÍA A NUESTROS HIJOS PARA DORMIRLOS?
¡QUIQUIRIQUIII!
¡AY, NO! QUE LOS ASUSTARÍA.
YA HABÍA CAÍDO LA NOCHE Y MARTINA ESTABA A PUNTO DE METERSE EN CASA CUANDO PASÓ POR ALLÍ RATÓN PÉREZ.
MARTINA HABÍA ESPERADO VERLO PASAR. RATÓN PÉREZ PASABA POR SU CASA TODAS LAS TARDES, PERO NUNCA LE DECÍA NADA.
PERO ESTA VEZ SÍ LO HIZO.
BUENAS NOCHES, MARTINA. ¡QUÉ LINDA ESTÁS HOY!
BUENAS NOCHES, RATÓN PÉREZ. DEBE DE SER POR MI LAZO NUEVO.
HACE MUCHO TIEMPO QUE QUIERO PREGUNTARTE SI SALDRÍAS CONMIGO.
MARTINA MARTÍNEZ, ¿TE GUSTARÍA SALIR CONMIGO?
NO VEO POR QUÉ NO.

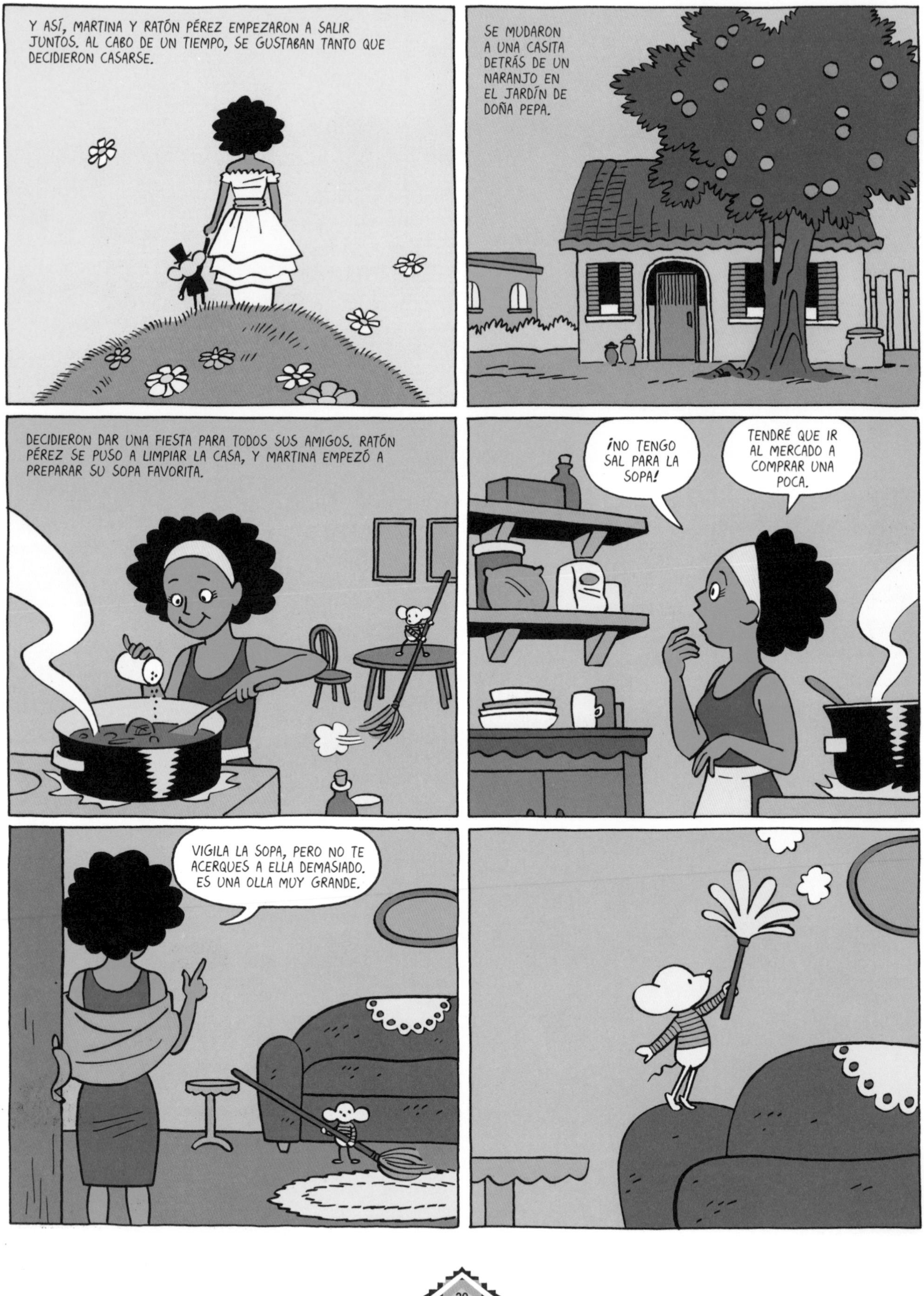
Y ASÍ, MARTINA Y RATÓN PÉREZ EMPEZARON A SALIR JUNTOS. AL CABO DE UN TIEMPO, SE GUSTABAN TANTO QUE DECIDIERON CASARSE.
SE MUDARON A UNA CASITA DETRÁS DE UN NARANJO EN EL JARDÍN DE DOÑA PEPA.
DECIDIERON DAR UNA FIESTA PARA TODOS SUS AMIGOS. RATÓN PÉREZ SE PUSO A LIMPIAR LA CASA, Y MARTINA EMPEZÓ A PREPARAR SU SOPA FAVORITA.
¡NO TENGO SAL PARA LA SOPA!
TENDRÉ QUE IR AL MERCADO A COMPRAR UNA POCA.
VIGILA LA SOPA, PERO NO TE ACERQUES A ELLA DEMASIADO. ES UNA OLLA MUY GRANDE.

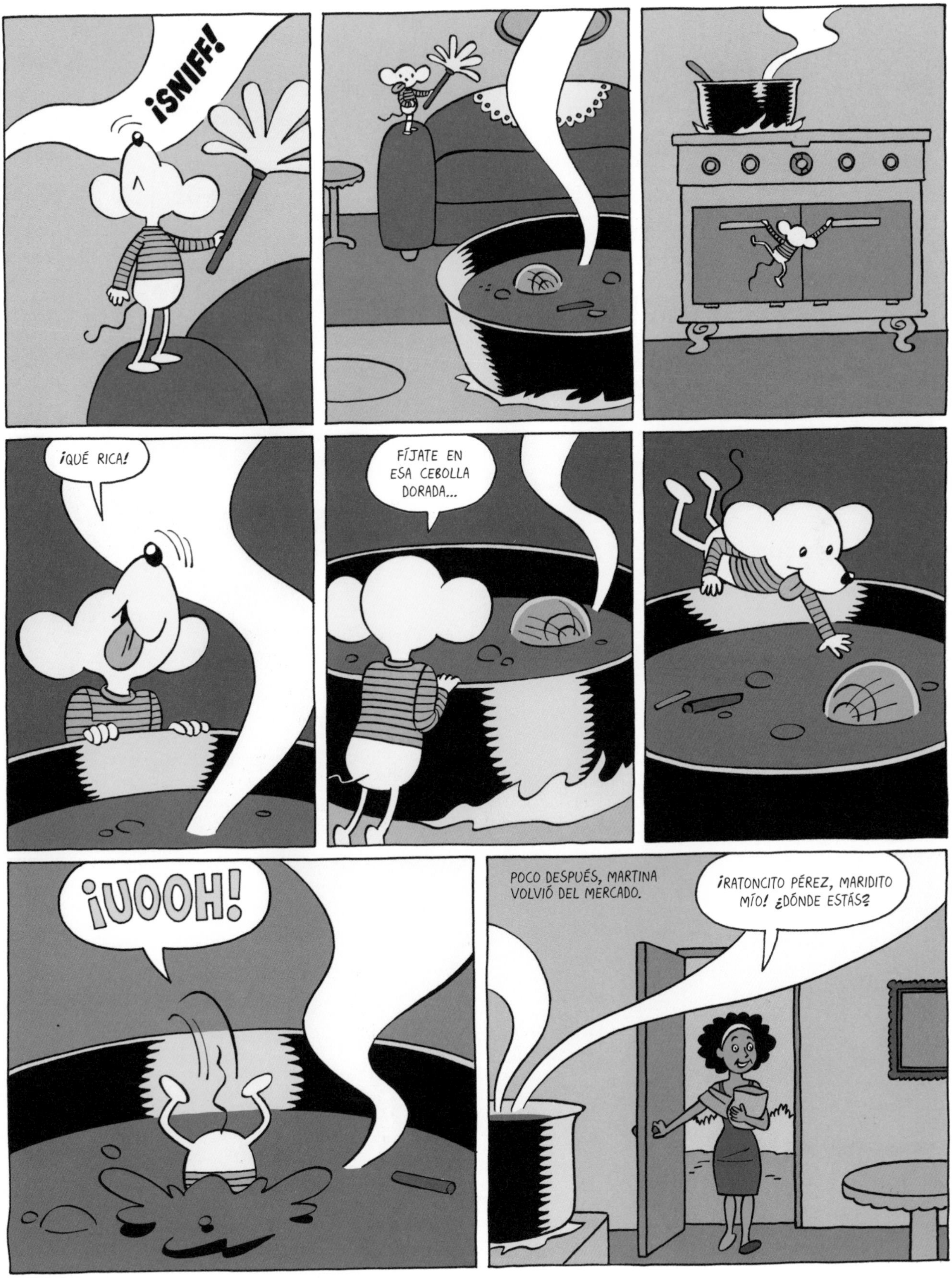
¡SNIFF!
¡QUÉ RICA!
FÍJATE EN ESA CEBOLLA DORADA...
¡UOOH!
POCO DESPUÉS, MARTINA VOLVIÓ DEL MERCADO.
¡RATONCITO PÉREZ, MARIDITO MÍO! ¿DÓNDE ESTÁS?

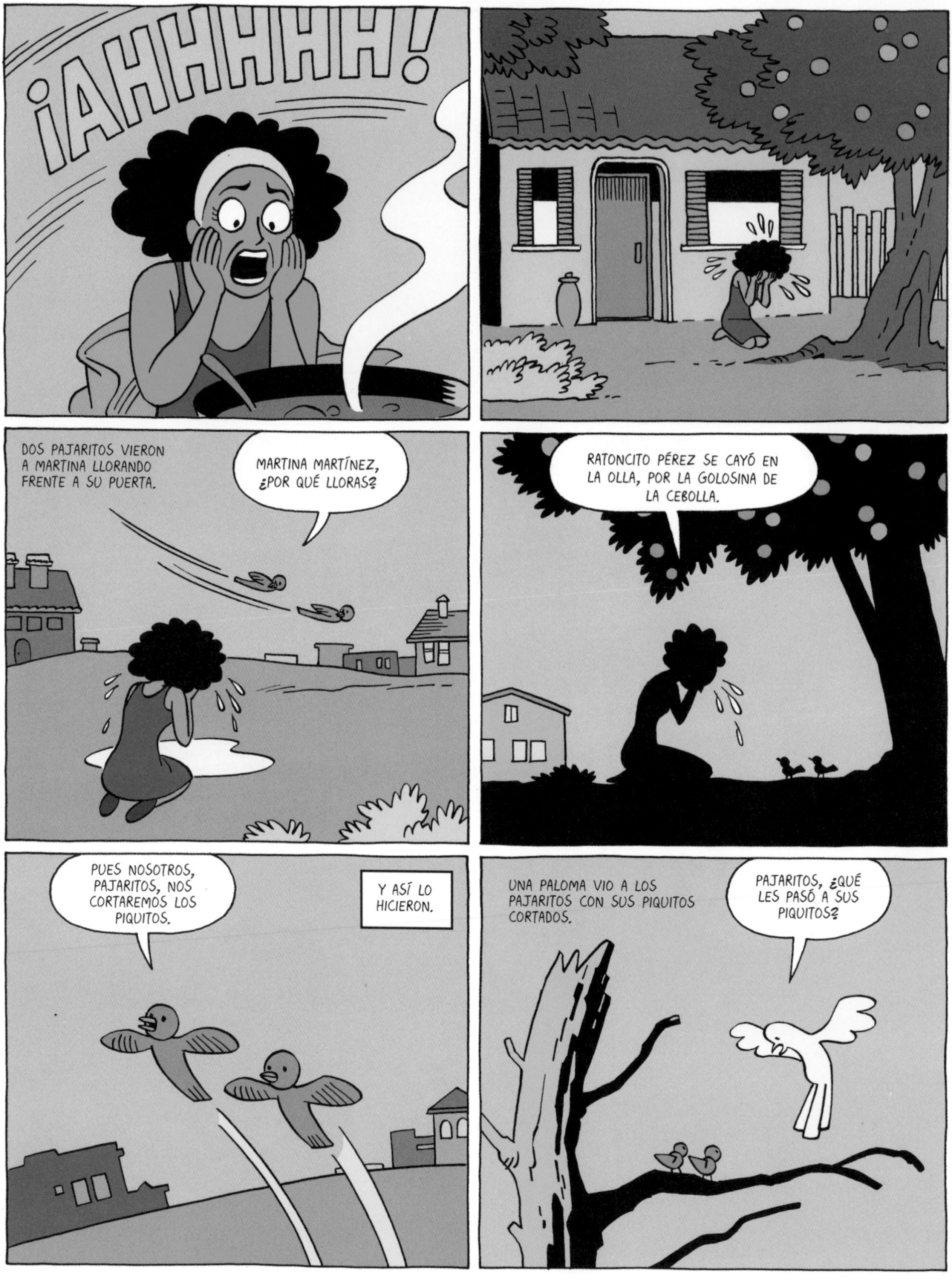
¡AHHHHHH!
DOS PAJARITOS VIERON A MARTINA LLORANDO FRENTE A SU PUERTA.
MARTINA MARTÍNEZ, ¿POR QUÉ LLORAS?
RATONCITO PÉREZ SE CAYÓ EN LA OLLA, POR LA GOLOSINA DE LA CEBOLLA.
PUES NOSOTROS, PAJARITOS, NOS CORTAREMOS LOS PIQUITOS.
Y ASÍ LO HICIERON.
UNA PALOMA VIO A LOS PAJARITOS CON SUS PIQUITOS CORTADOS.
PAJARITOS, ¿QUÉ LES PASÓ A SUS PIQUITOS?

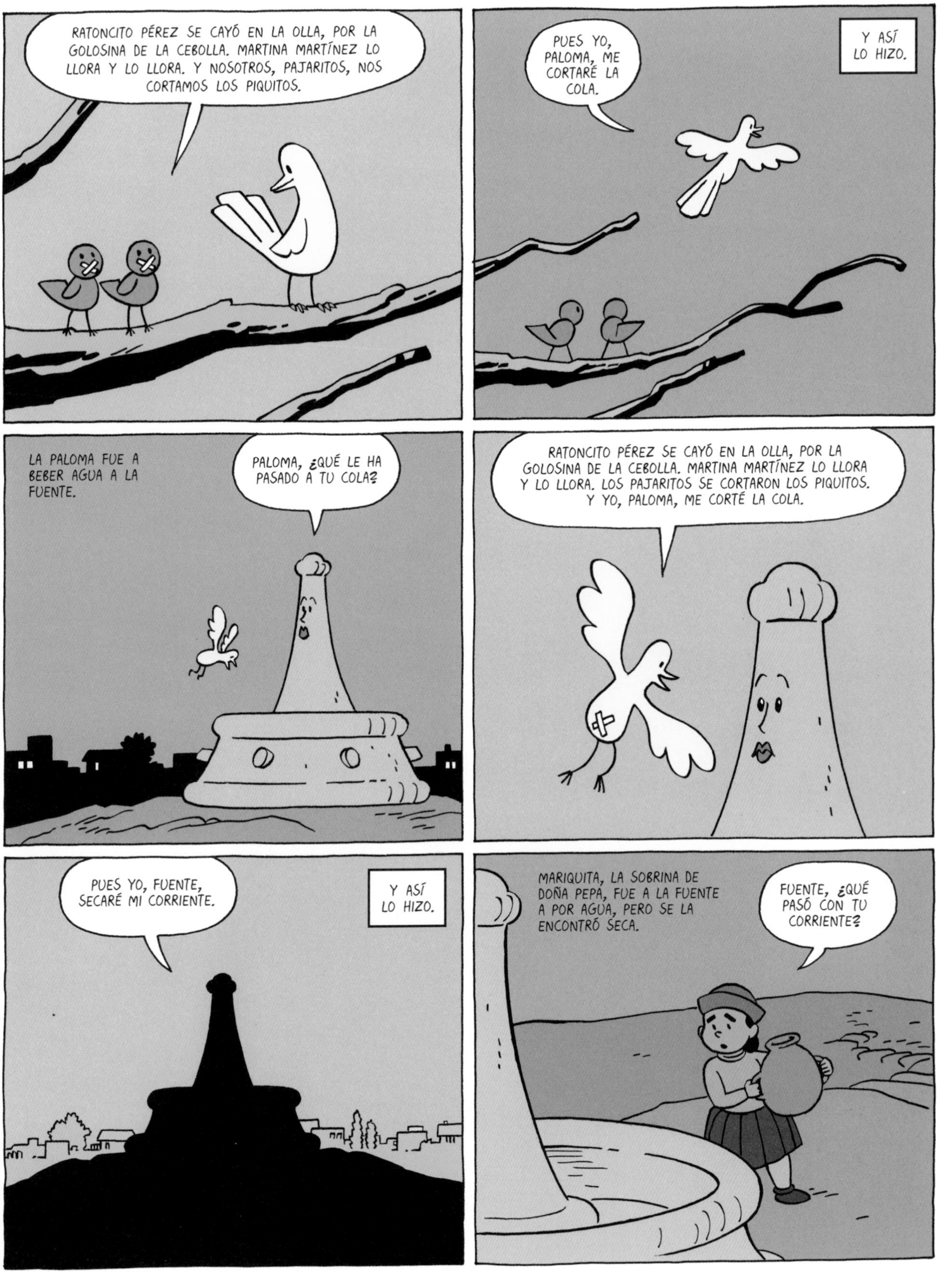
RATONCITO PÉREZ SE CAYÓ EN LA OLLA, POR LA GOLOSINA DE LA CEBOLLA. MARTINA MARTÍNEZ LO LLORA Y LO LLORA. Y NOSOTROS, PAJARITOS, NOS CORTAMOS LOS PIQUITOS.
PUES YO, PALOMA, ME CORTARÉ LA COLA.
Y ASÍ LO HIZO.
LA PALOMA FUE A BEBER AGUA A LA FUENTE.
PALOMA, ¿QUÉ LE HA PASADO A TU COLA?
RATONCITO PÉREZ SE CAYÓ EN LA OLLA, POR LA GOLOSINA DE LA CEBOLLA. MARTINA MARTÍNEZ LO LLORA Y LO LLORA. LOS PAJARITOS SE CORTARON LOS PIQUITOS. Y YO, PALOMA, ME CORTÉ LA COLA.
PUES YO, FUENTE, SECARÉ MI CORRIENTE.
Y ASÍ LO HIZO.
MARIQUITA, LA SOBRINA DE DOÑA PEPA, FUE A LA FUENTE A POR AGUA, PERO SE LA ENCONTRÓ SECA.
FUENTE, ¿QUÉ PASÓ CON TU CORRIENTE?

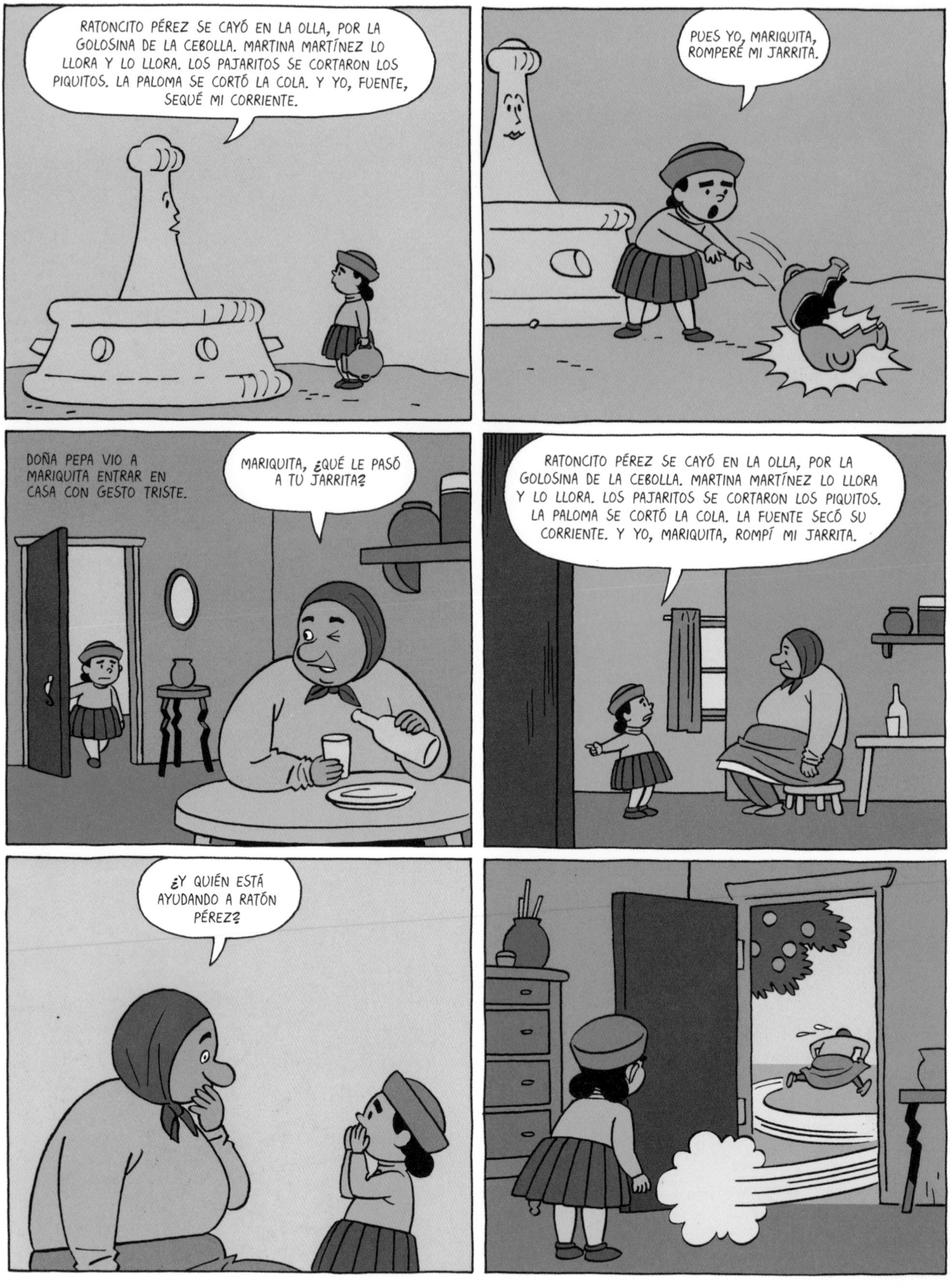
RATONCITO PÉREZ SE CAYÓ EN LA OLLA, POR LA GOLOSINA DE LA CEBOLLA. MARTINA MARTÍNEZ LO LLORA Y LO LLORA. LOS PAJARITOS SE CORTARON LOS PIQUITOS. LA PALOMA SE CORTÓ LA COLA. Y YO, FUENTE, SEQUÉ MI CORRIENTE.
PUES YO, MARIQUITA, ROMPERÉ MI JARRITA.
DOÑA PEPA VIO A MARIQUITA ENTRAR EN CASA CON GESTO TRISTE.
MARIQUITA, ¿QUÉ LE PASÓ A TU JARRITA?
RATONCITO PÉREZ SE CAYÓ EN LA OLLA, POR LA GOLOSINA DE LA CEBOLLA. MARTINA MARTÍNEZ LO LLORA Y LO LLORA. LOS PAJARITOS SE CORTARON LOS PIQUITOS. LA PALOMA SE CORTÓ LA COLA. LA FUENTE SECÓ SU CORRIENTE. Y YO, MARIQUITA, ROMPÍ MI JARRITA.
¿Y QUIÉN ESTÁ AYUDANDO A RATÓN PÉREZ?

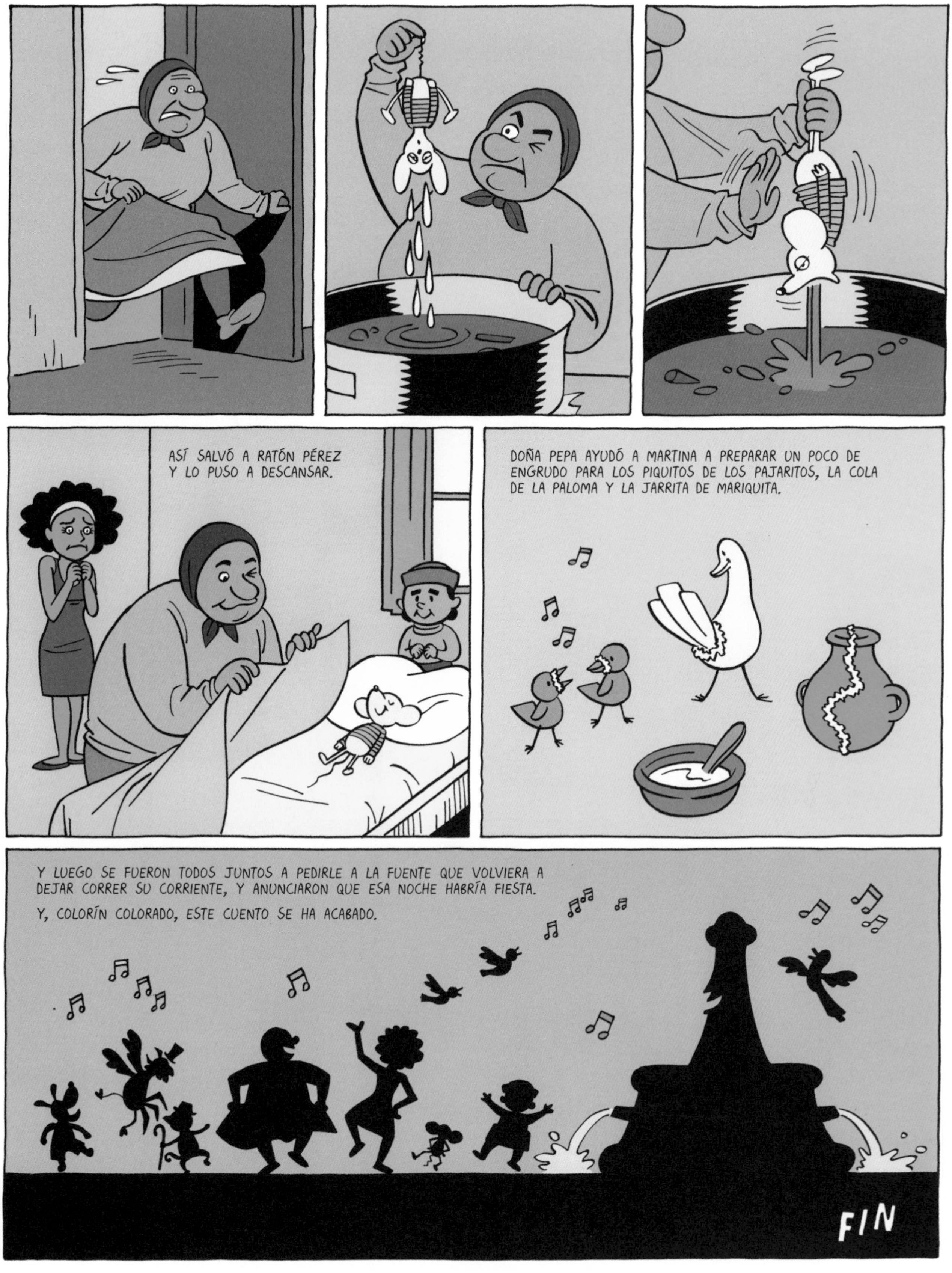
ASÍ SALVÓ A RATÓN PÉREZ Y LO PUSO A DESCANSAR.
DOÑA PEPA AYUDÓ A MARTINA A PREPARAR UN POCO DE ENGRUDO PARA LOS PIQUITOS DE LOS PAJARITOS, LA COLA DE LA PALOMA Y LA JARRITA DE MARIQUITA.
Y LUEGO SE FUERON TODOS JUNTOS A PEDIRLE A LA FUENTE QUE VOLVIERA A DEJAR CORRER SU CORRIENTE, Y ANUNCIARON QUE ESA NOCHE HABRÍA FIESTA.
Y, COLORÍN COLORADO, ESTE CUENTO SE HA ACABADO.
FIN

Tup y las Hormigas

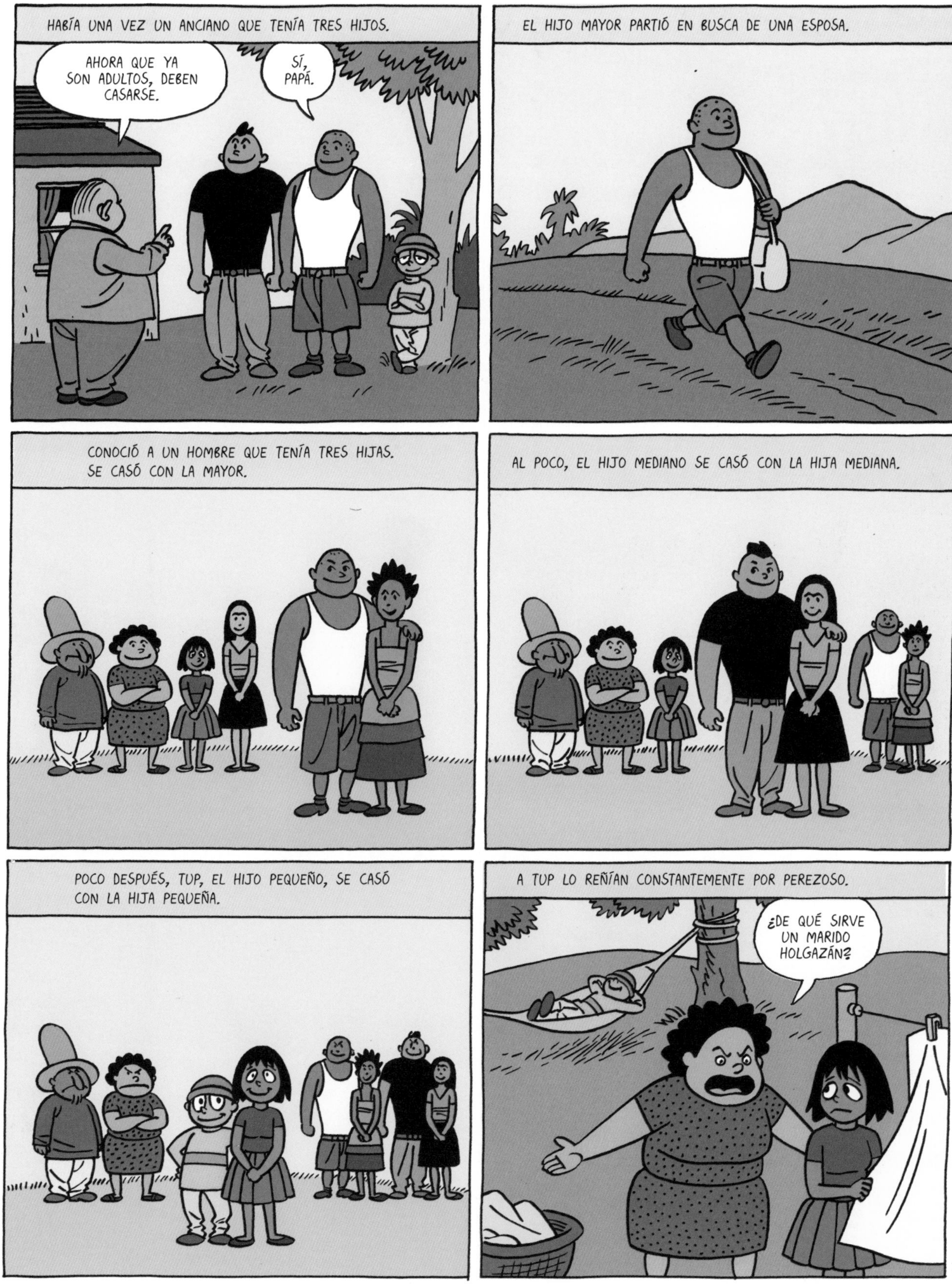
HABÍA UNA VEZ UN ANCIANO QUE TENÍA TRES HIJOS.
AHORA QUE YA SON ADULTOS, DEBEN CASARSE.
SÍ, PAPÁ.
EL HIJO MAYOR PARTIÓ EN BUSCA DE UNA ESPOSA.
CONOCIÓ A UN HOMBRE QUE TENÍA TRES HIJAS. SE CASÓ CON LA MAYOR.
AL POCO, EL HIJO MEDIANO SE CASÓ CON LA HIJA MEDIANA.
POCO DESPUÉS, TUP, EL HIJO PEQUEÑO, SE CASÓ CON LA HIJA PEQUEÑA.
A TUP LO REÑÍAN CONSTANTEMENTE POR PEREZOSO.
¿DE QUÉ SIRVE UN MARIDO HOLGAZÁN?

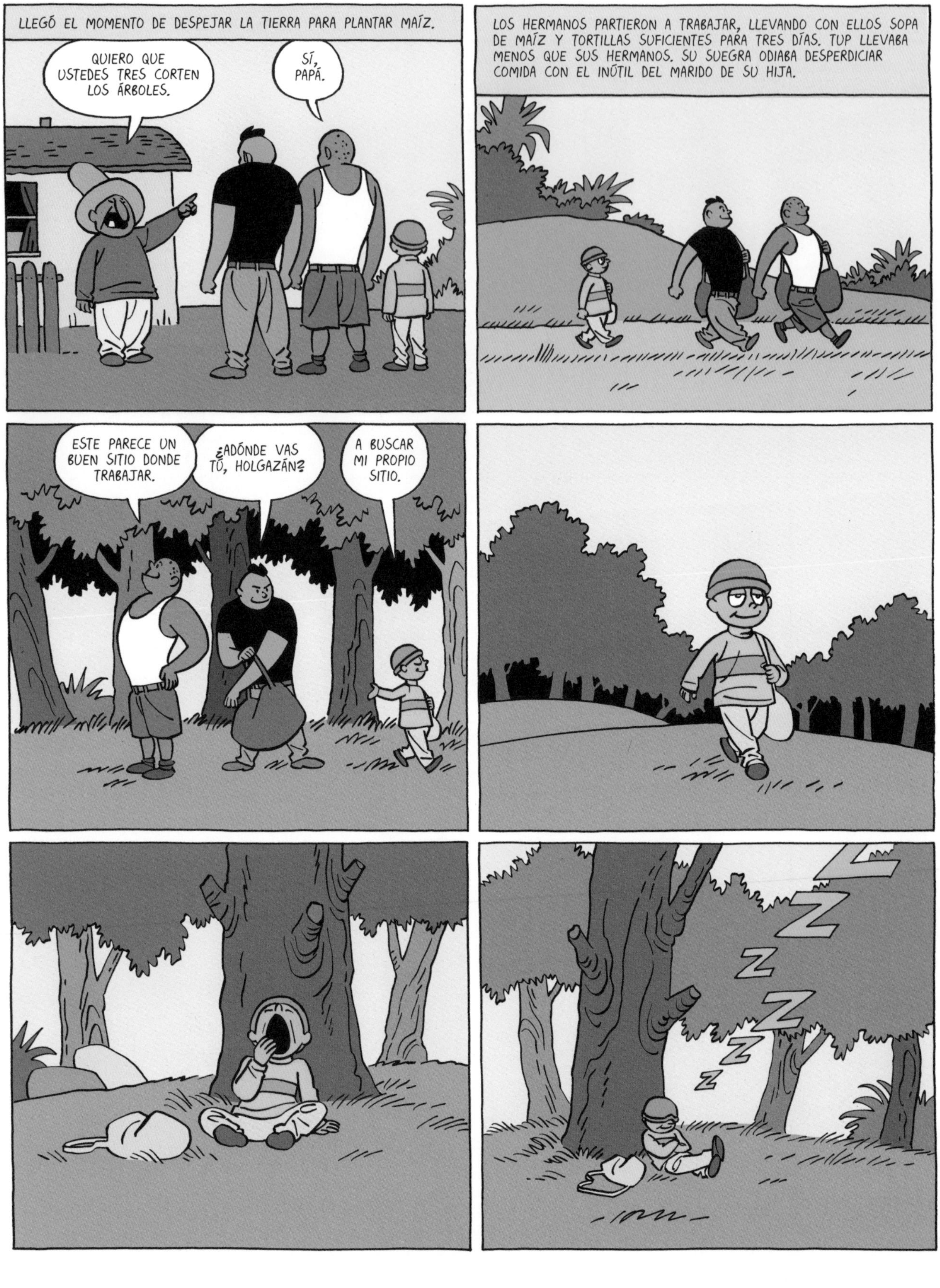
LLEGÓ EL MOMENTO DE DESPEJAR LA TIERRA PARA PLANTAR MAÍZ.
QUIERO QUE USTEDES TRES CORTEN LOS ÁRBOLES.
SÍ, PAPÁ.
LOS HERMANOS PARTIERON A TRABAJAR, LLEVANDO CON ELLOS SOPA DE MAÍZ Y TORTILLAS SUFICIENTES PARA TRES DÍAS. TUP LLEVABA MENOS QUE SUS HERMANOS. SU SUEGRA ODIABA DESPERDICIAR COMIDA CON EL INÚTIL DEL MARIDO DE SU HIJA.
ESTE PARECE UN BUEN SITIO DONDE TRABAJAR.
¿ADÓNDE VAS TÚ, HOLGAZÁN?
A BUSCAR MI PROPIO SITIO.
Z Z Z Z Z Z Z

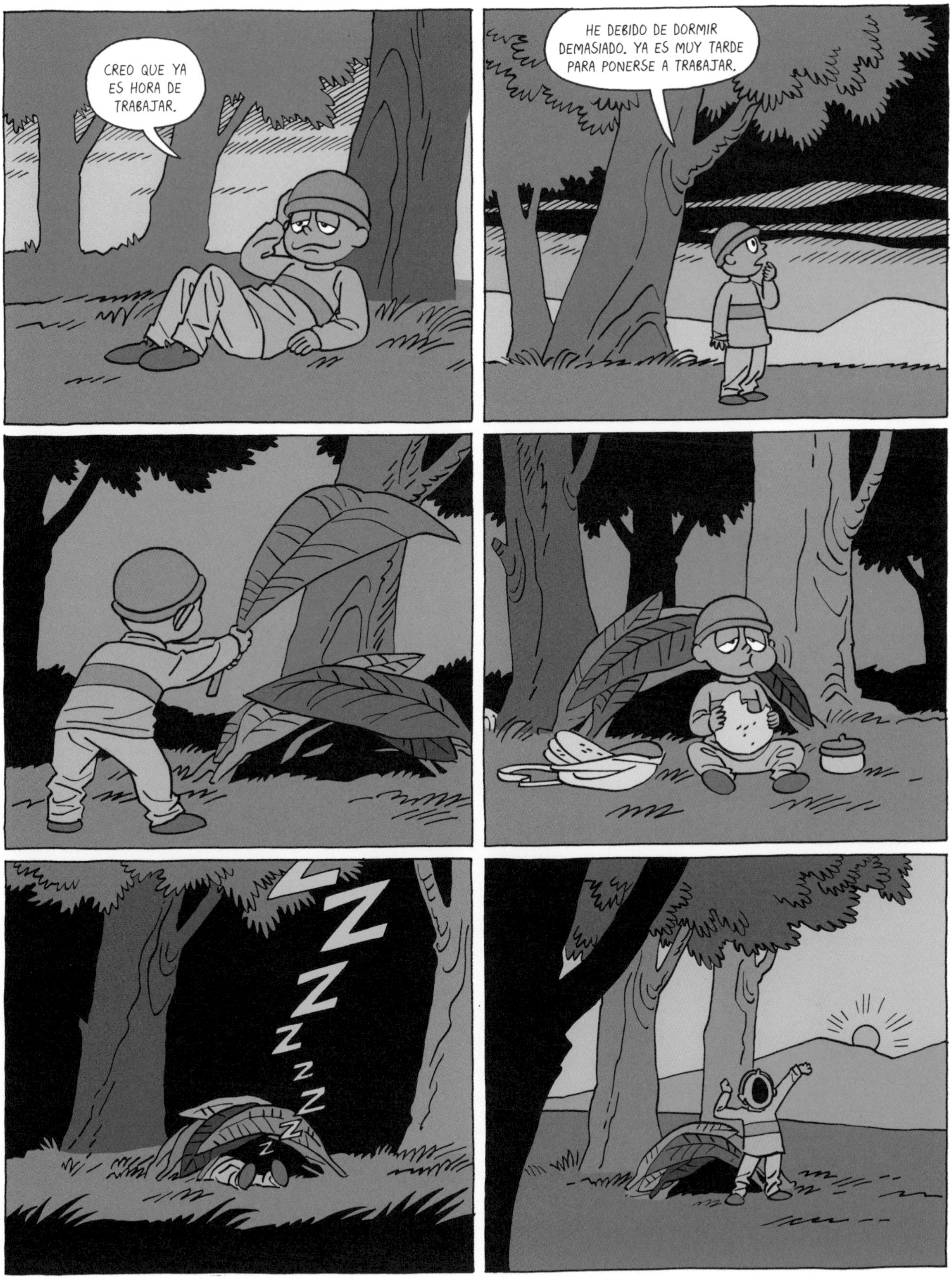
CREO QUE YA ES HORA DE TRABAJAR.
HE DEBIDO DE DORMIR DEMASIADO. YA ES MUY TARDE PARA PONERSE A TRABAJAR.
ZZZZZZZ

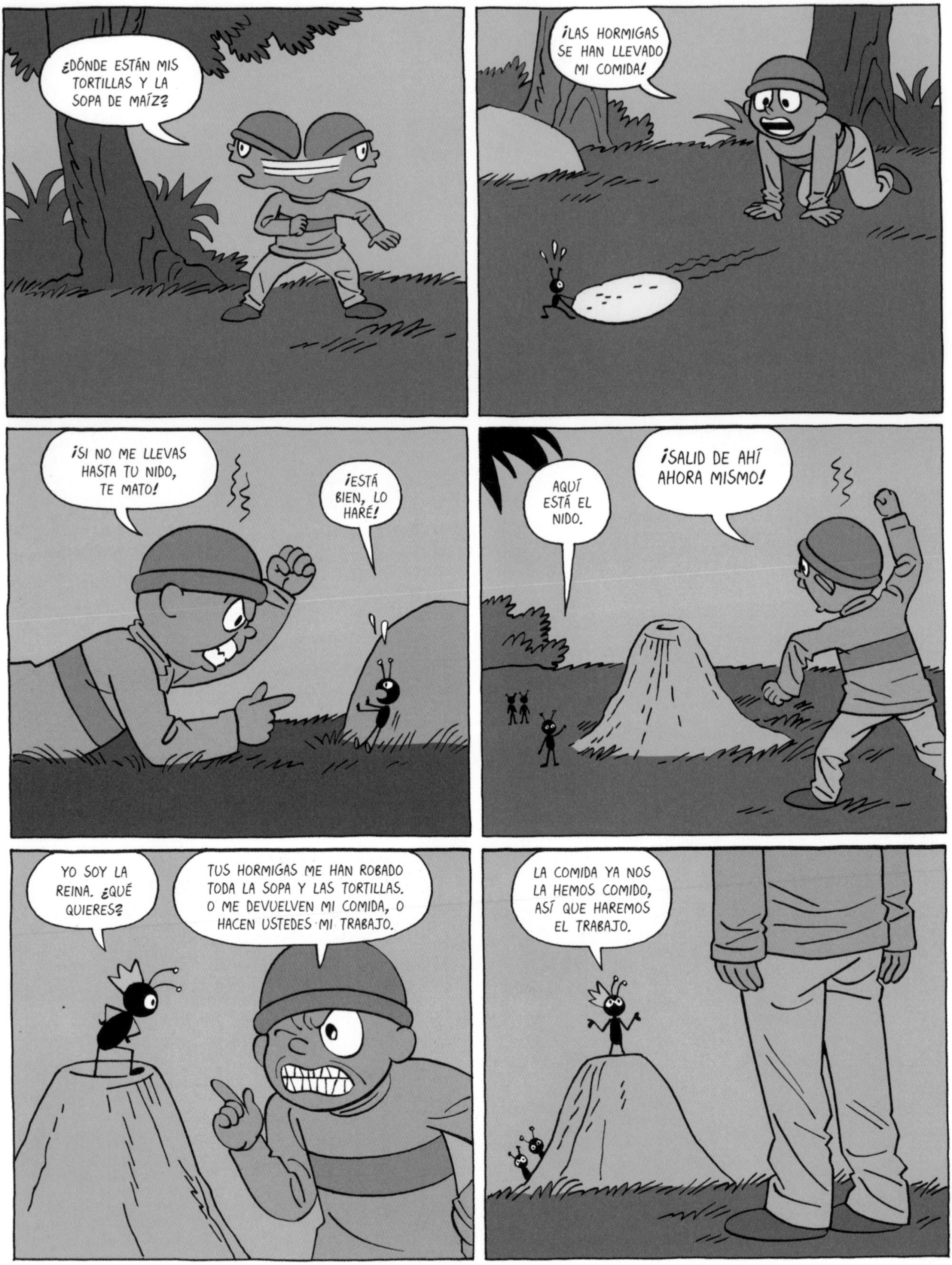
¿DÓNDE ESTÁN MIS TORTILLAS Y LA SOPA DE MAÍZ?
¡LAS HORMIGAS SE HAN LLEVADO MI COMIDA!
¡SI NO ME LLEVAS HASTA TU NIDO, TE MATO!
¡ESTÁ BIEN, LO HARÉ!
AQUÍ ESTÁ EL NIDO.
¡SALID DE AHÍ AHORA MISMO!
YO SOY LA REINA. ¿QUÉ QUIERES?
TUS HORMIGAS ME HAN ROBADO TODA LA SOPA Y LAS TORTILLAS. O ME DEVUELVEN MI COMIDA, O HACEN USTEDES MI TRABAJO.
LA COMIDA YA NOS LA HEMOS COMIDO, ASÍ QUE HAREMOS EL TRABAJO.

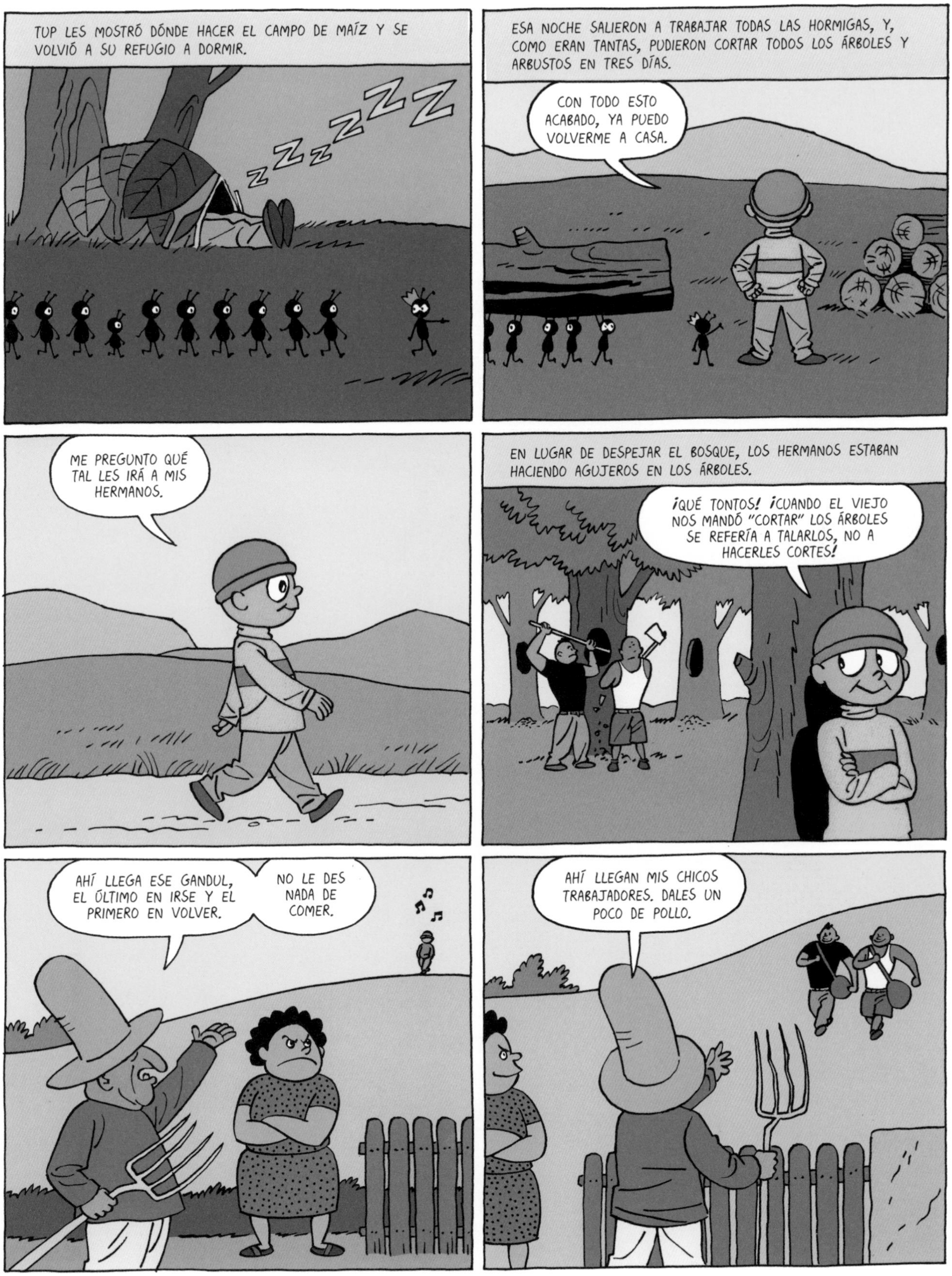
TUP LES MOSTRÓ DÓNDE HACER EL CAMPO DE MAÍZ Y SE VOLVIÓ A SU REFUGIO A DORMIR.
ESA NOCHE SALIERON A TRABAJAR TODAS LAS HORMIGAS, Y, COMO ERAN TANTAS, PUDIERON CORTAR TODOS LOS ÁRBOLES Y ARBUSTOS EN TRES DÍAS.
CON TODO ESTO ACABADO, YA PUEDO VOLVERME A CASA.
ME PREGUNTO QUÉ TAL LES IRÁ A MIS HERMANOS.
EN LUGAR DE DESPEJAR EL BOSQUE, LOS HERMANOS ESTABAN HACIENDO AGUJEROS EN LOS ÁRBOLES.
¡QUÉ TONTOS! ¡CUANDO EL VIEJO NOS MANDÓ "CORTAR" LOS ÁRBOLES SE REFERÍA A TALARLOS, NO A HACERLES CORTES!
AHÍ LLEGA ESE GANDUL, EL ÚLTIMO EN IRSE Y EL PRIMERO EN VOLVER.
NO LE DES NADA DE COMER.
AHÍ LLEGAN MIS CHICOS TRABAJADORES. DALES UN POCO DE POLLO.

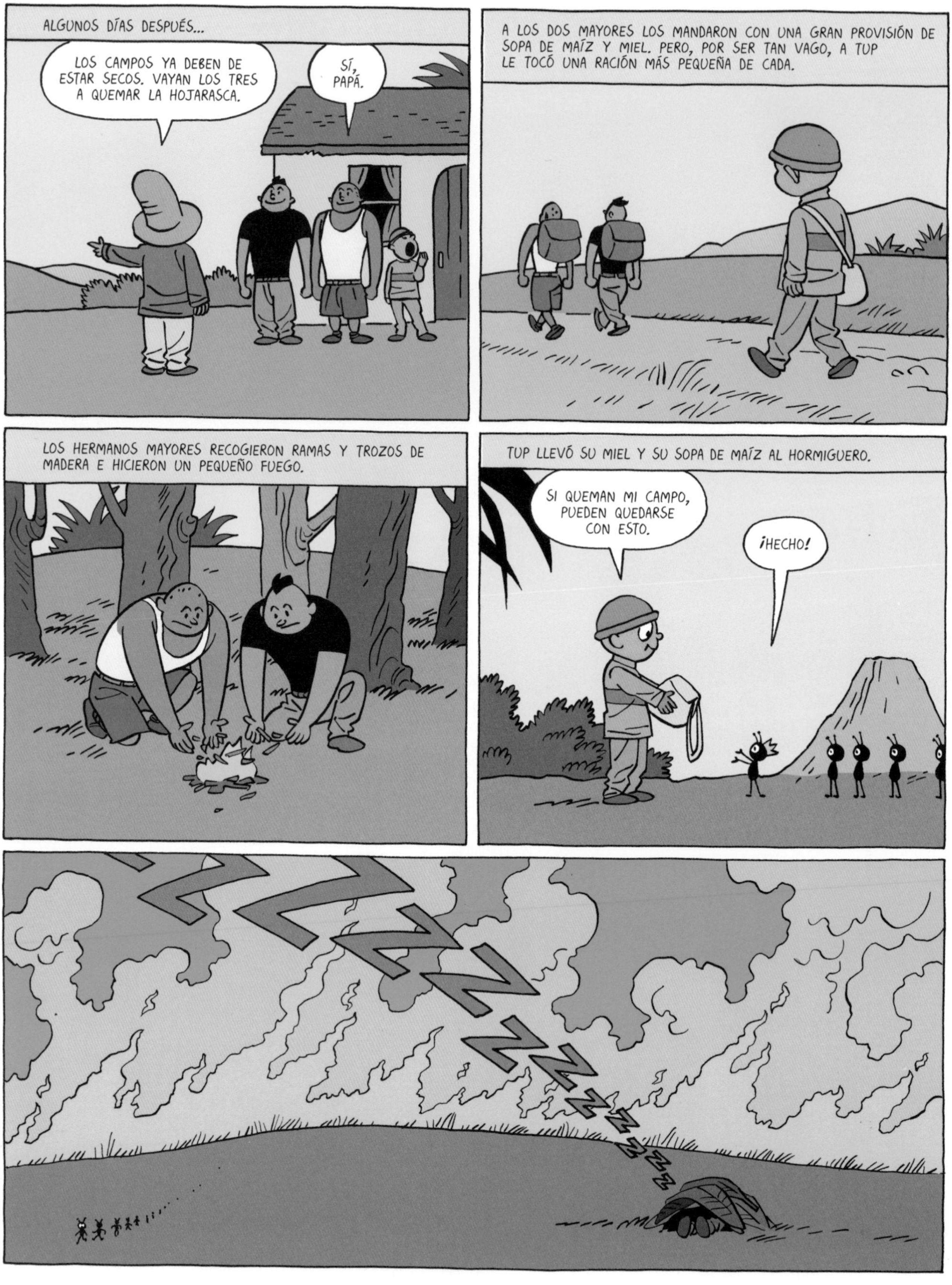
ALGUNOS DÍAS DESPUÉS...
LOS CAMPOS YA DEBEN DE ESTAR SECOS. VAYAN LOS TRES A QUEMAR LA HOJARASCA.
SÍ, PAPÁ.
A LOS DOS MAYORES LOS MANDARON CON UNA GRAN PROVISIÓN DE SOPA DE MAÍZ Y MIEL. PERO, POR SER TAN VAGO, A TUP LE TOCÓ UNA RACIÓN MÁS PEQUEÑA DE CADA.
LOS HERMANOS MAYORES RECOGIERON RAMAS Y TROZOS DE MADERA E HICIERON UN PEQUEÑO FUEGO.
TUP LLEVÓ SU MIEL Y SU SOPA DE MAÍZ AL HORMIGUERO.
SI QUEMAN MI CAMPO, PUEDEN QUEDARSE CON ESTO.
¡HECHO!

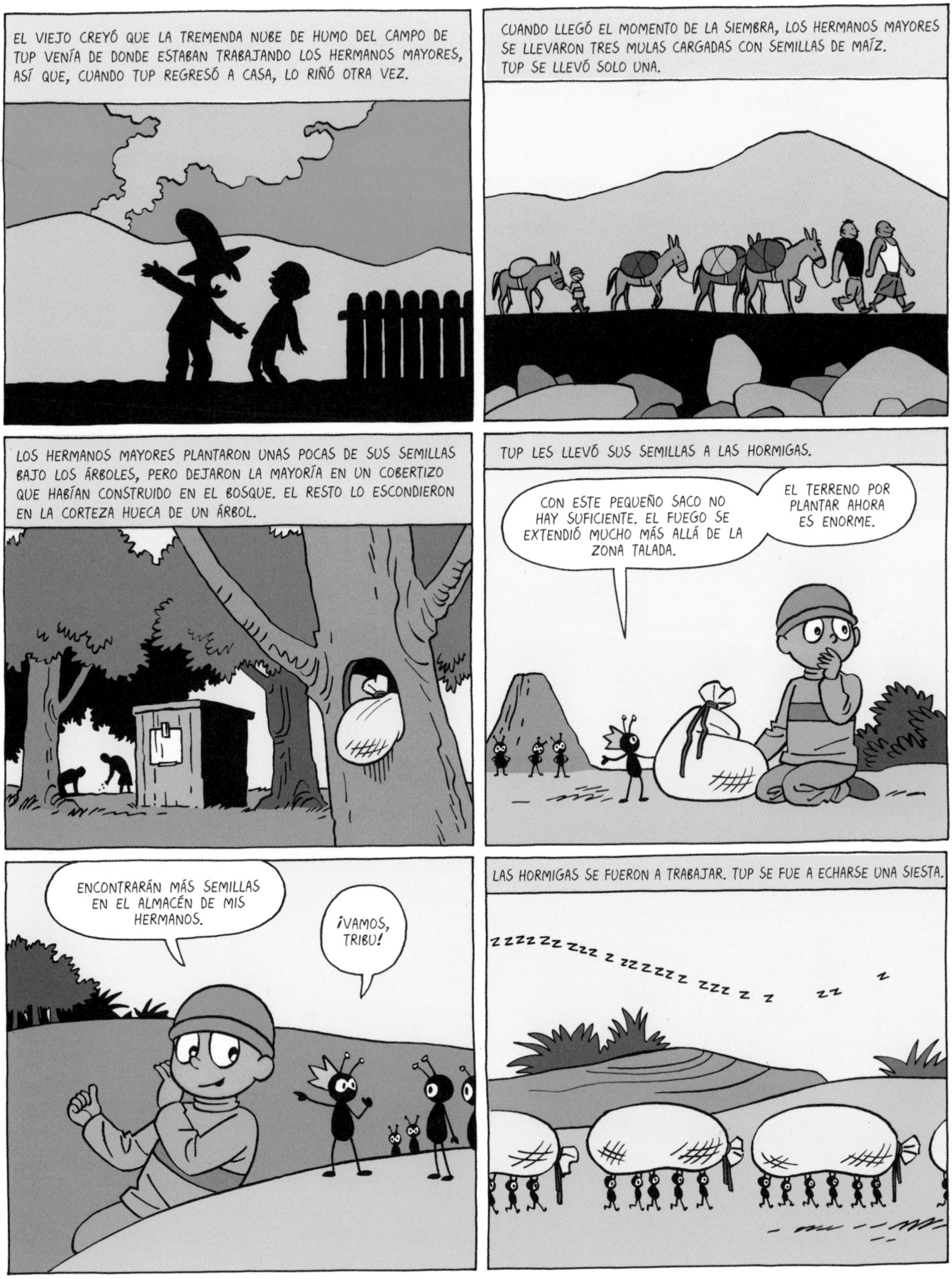
EL VIEJO CREYÓ QUE LA TREMENDA NUBE DE HUMO DEL CAMPO DE TUP VENÍA DE DONDE ESTABAN TRABAJANDO LOS HERMANOS MAYORES, ASÍ QUE, CUANDO TUP REGRESÓ A CASA, LO RIÑÓ OTRA VEZ.
CUANDO LLEGÓ EL MOMENTO DE LA SIEMBRA, LOS HERMANOS MAYORES SE LLEVARON TRES MULAS CARGADAS CON SEMILLAS DE MAÍZ. TUP SE LLEVÓ SOLO UNA.
LOS HERMANOS MAYORES PLANTARON UNAS POCAS DE SUS SEMILLAS BAJO LOS ÁRBOLES, PERO DEJARON LA MAYORÍA EN UN COBERTIZO QUE HABÍAN CONSTRUIDO EN EL BOSQUE. EL RESTO LO ESCONDIERON EN LA CORTEZA HUECA DE UN ÁRBOL.
TUP LES LLEVÓ SUS SEMILLAS A LAS HORMIGAS.
CON ESTE PEQUEÑO SACO NO HAY SUFICIENTE. EL FUEGO SE EXTENDIÓ MUCHO MÁS ALLÁ DE LA ZONA TALADA.
EL TERRENO POR PLANTAR AHORA ES ENORME.
ENCONTRARÁN MÁS SEMILLAS EN EL ALMACÉN DE MIS HERMANOS.
¡VAMOS, TRIBU!
LAS HORMIGAS SE FUERON A TRABAJAR. TUP SE FUE A ECHARSE UNA SIESTA.
ZZZZZ ZZZ Z ZZZZZZ ZZZ Z Z ZZ Z

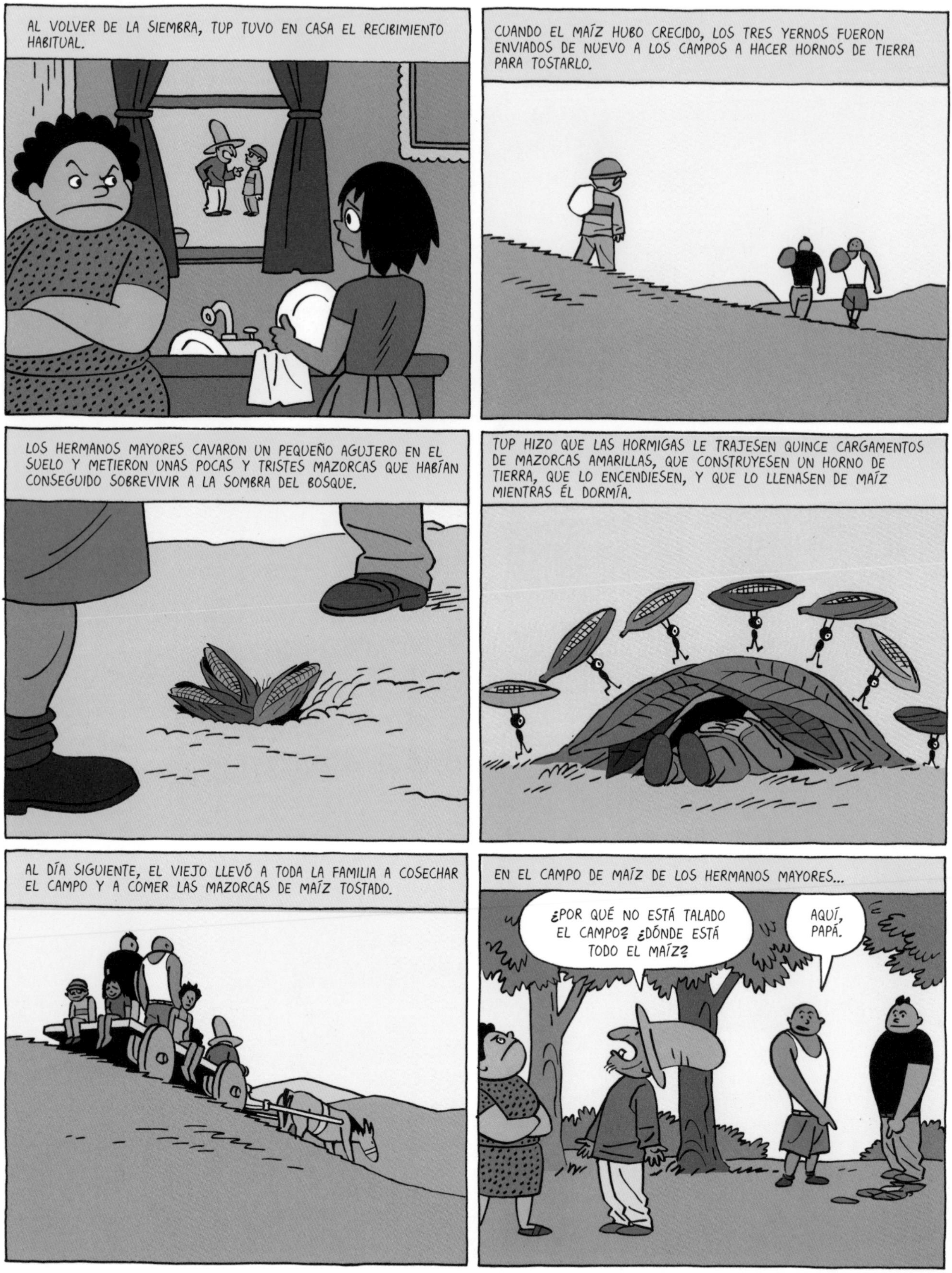
AL VOLVER DE LA SIEMBRA, TUP TUVO EN CASA EL RECIBIMIENTO HABITUAL.
CUANDO EL MAÍZ HUBO CRECIDO, LOS TRES YERNOS FUERON ENVIADOS DE NUEVO A LOS CAMPOS A HACER HORNOS DE TIERRA PARA TOSTARLO.
LOS HERMANOS MAYORES CAVARON UN PEQUEÑO AGUJERO EN EL SUELO Y METIERON UNAS POCAS Y TRISTES MAZORCAS QUE HABÍAN CONSEGUIDO SOBREVIVIR A LA SOMBRA DEL BOSQUE.
TUP HIZO QUE LAS HORMIGAS LE TRAJESEN QUINCE CARGAMENTOS DE MAZORCAS AMARILLAS, QUE CONSTRUYESEN UN HORNO DE TIERRA, QUE LO ENCENDIESEN, Y QUE LO LLENASEN DE MAÍZ MIENTRAS ÉL DORMÍA.
AL DÍA SIGUIENTE, EL VIEJO LLEVÓ A TODA LA FAMILIA A COSECHAR EL CAMPO Y A COMER LAS MAZORCAS DE MAÍZ TOSTADO.
EN EL CAMPO DE MAÍZ DE LOS HERMANOS MAYORES...
¿POR QUÉ NO ESTÁ TALADO EL CAMPO? ¿DÓNDE ESTÁ TODO EL MAÍZ?
AQUÍ, PAPÁ.

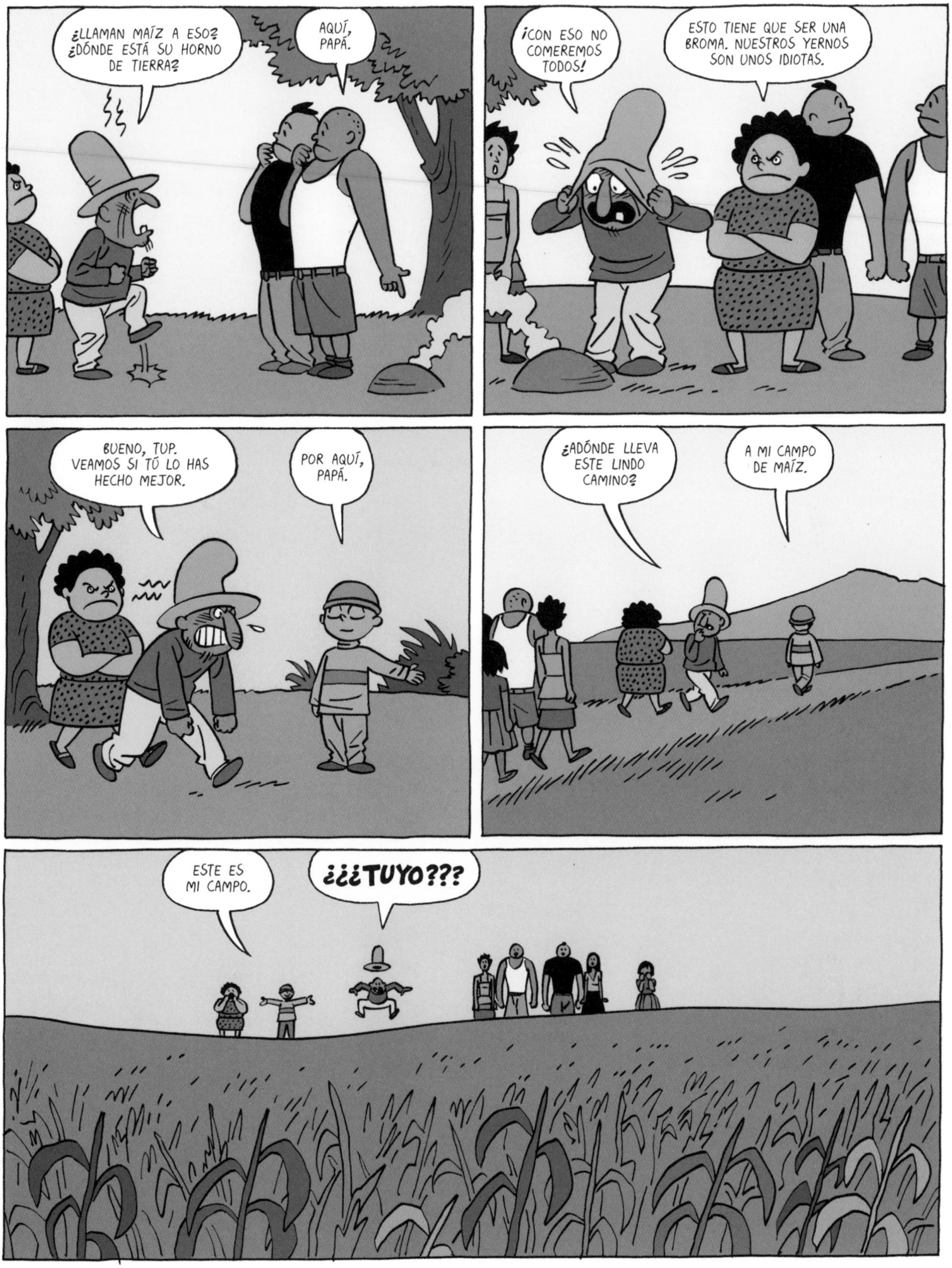
¿LLAMAN MAÍZ A ESO? ¿DÓNDE ESTÁ SU HORNO DE TIERRA?
AQUÍ, PAPÁ.
¡CON ESO NO COMEREMOS TODOS!
ESTO TIENE QUE SER UNA BROMA. NUESTROS YERNOS SON UNOS IDIOTAS.
BUENO, TUP. VEAMOS SI TÚ LO HAS HECHO MEJOR.
POR AQUÍ, PAPÁ.
¿ADÓNDE LLEVA ESTE LINDO CAMINO?
A MI CAMPO DE MAÍZ.
ESTE ES MI CAMPO.
¿¿¿TUYO???

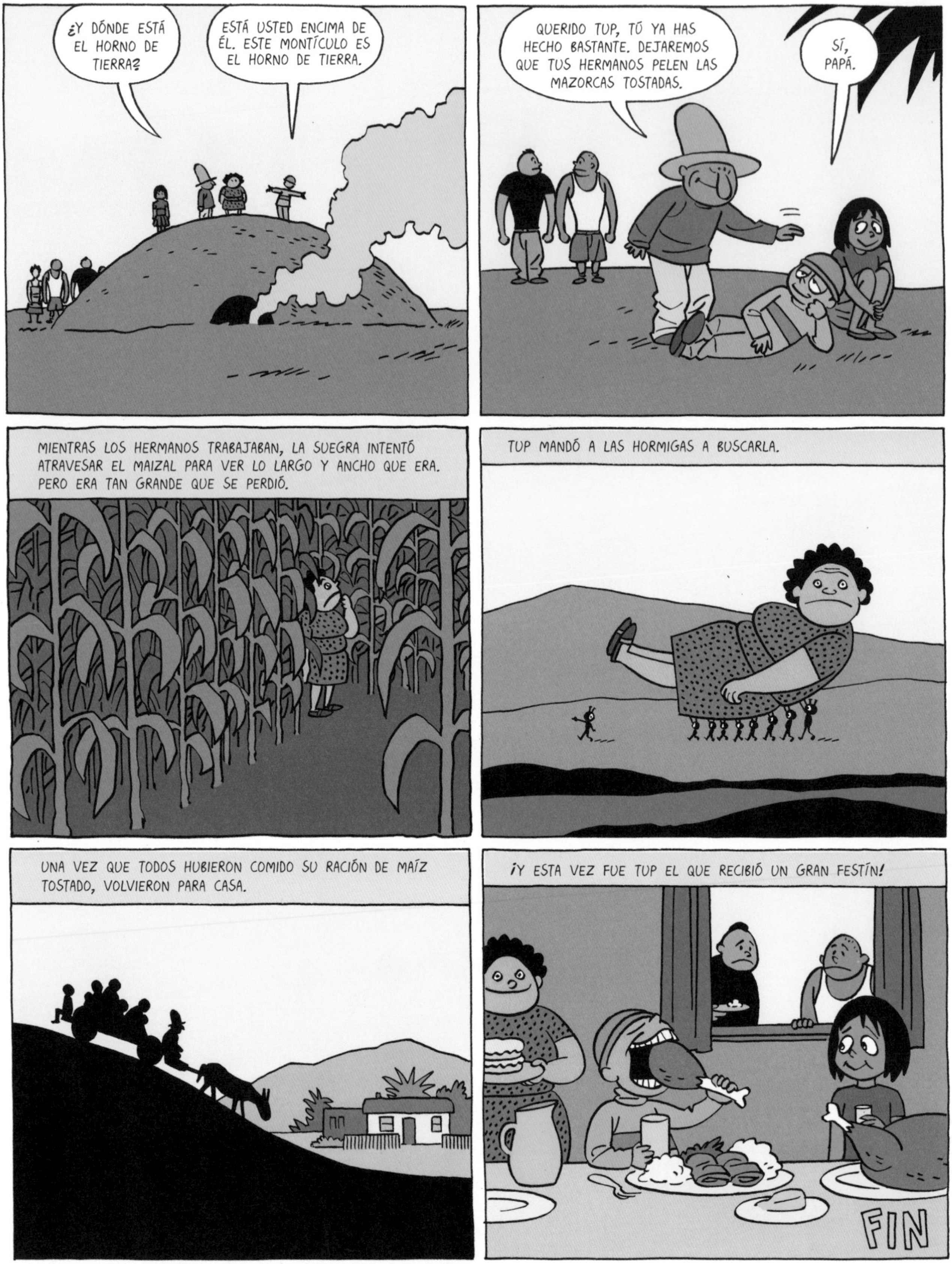
¿Y DÓNDE ESTÁ EL HORNO DE TIERRA?
ESTÁ USTED ENCIMA DE ÉL. ESTE MONTÍCULO ES EL HORNO DE TIERRA.
QUERIDO TUP, TÚ YA HAS HECHO BASTANTE. DEJAREMOS QUE TUS HERMANOS PELEN LAS MAZORCAS TOSTADAS.
SÍ, PAPÁ.
MIENTRAS LOS HERMANOS TRABAJABAN, LA SUEGRA INTENTÓ ATRAVESAR EL MAIZAL PARA VER LO LARGO Y ANCHO QUE ERA. PERO ERA TAN GRANDE QUE SE PERDIÓ.
TUP MANDÓ A LAS HORMIGAS A BUSCARLA.
UNA VEZ QUE TODOS HUBIERON COMIDO SU RACIÓN DE MAÍZ TOSTADO, VOLVIERON PARA CASA.
¡Y ESTA VEZ FUE TUP EL QUE RECIBIÓ UN GRAN FESTÍN!
FIN

TRES CUENTOS POPULARES DE LATINOAMÉRICA

Cuando contamos cuentos populares, transmitimos a las nuevas generaciones nuestras ideas acerca de la historia, el arte, la espiritualidad y cómo comportarnos debidamente. Y cuando escuchamos cuentos populares, aprendemos acerca de los valores y las costumbres de nuestros ancestros. LA MATADRAGONES, por ejemplo, nos enseña la importancia de ser generoso con aquellos que buscan nuestra ayuda y hacer frente a quienes intentan perjudicarnos. En algunas versiones de esta historia que se cuenta en todo el mundo hispano y latino, se dice que la anciana que pide comida es en realidad la Virgen María, adorada en la fe católica como madre de Jesús. Los orígenes religiosos de la historia no terminan ahí: en España, la Tarasca, una mujer gigantesca que se alza sobre la bestia a la que ha vencido, desfila todos los años en la procesión del Corpus Christi. En la localidad sureña de Antequera, la Tarasca aparece habiendo derrotado a un dragón de siete cabezas, una por cada uno de los siete pecados capitales. Aunque ha habido relatos de luchas con dragones desde tiempos inmemoriales –Hércules, que mató a la hidra, o San Jorge, patrón de Inglaterra– la mayoría están protagonizados por un hombre que rescata a una doncella en apuros. La heroína de LA MATADRAGONES nos enseña la importancia de que las chicas jóvenes tomen las riendas de su propia vida; puede incluso que sean ellas las que acaben salvando la vida al príncipe.

De izquierda a derecha: *La Tarasca desfilando por las calles de Madrid en 1959; grabado de un dragón de siete cabezas; la carroza de la Tarasca en Madrid en 1744; San Jorge contra el dragón, aprox. 1504, una pintura de Rafael que se exhibe en el Museo del Louvre de París, Francia.*

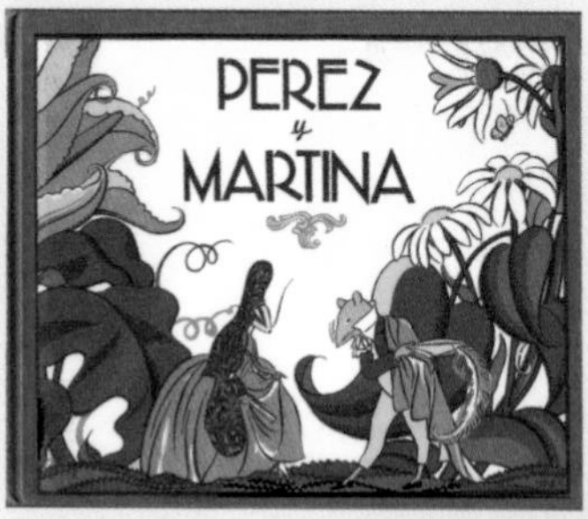
PEREZ
y
MARTINA

Pérez y Martina, *por Pura Delpré, 1932, fue el primer libro infantil en español publicado por una editorial generalista en los EE.UU.*

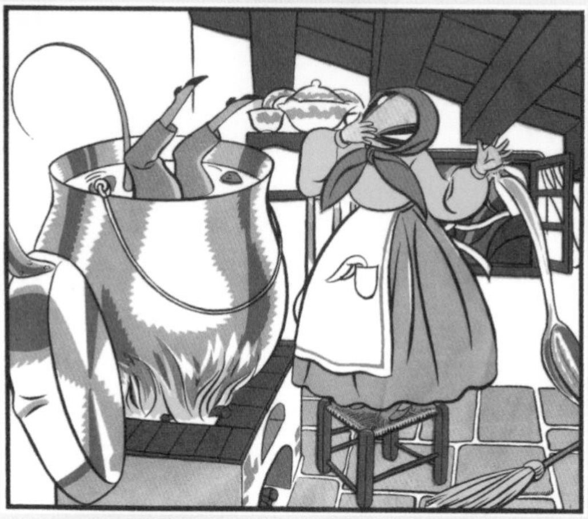

Otro ejemplo de rescatadora femenina es Doña Pepa, la sanadora del cuento de MARTINA MARTÍNEZ Y EL RATONCITO PÉREZ. Ella es el único personaje que sabe cómo salvar a Pérez de morir ahogado. Aunque esta versión del cuento está escrita por la autora de libros infantiles Alma Flor Ada, la historia del matrimonio del Ratoncito Pérez es una de las más populares y apreciadas en el folclore hispano y latinoamericano. Diferentes autores presentan a Martina como una cucaracha, una hormiga o una rata. En algunas versiones Pérez no salva la vida al final, lo que lo convierte en un cuento perfecto para un velatorio o un velorio. El velorio es una reunión de amigos y familiares que dura toda la noche para honrar a alguien que ha fallecido. Según la tradición, si alguien se queda dormido durante el velorio el alma del difunto entrará en su cuerpo, de modo que todos los participantes, desde las abuelas a los campesinos asistentes, cuentan historias emocionantes para mantener a todos despiertos. Los cuentacuentos emplean gestos, expresiones faciales, voces variadas y multitud de bromas para impedir que su público se duerma.

Debajo: El velorio, *por Francisco Oller, pintado en 1893, está expuesto en el Museo de historia y antropología de la Universidad de Puerto Rico.*

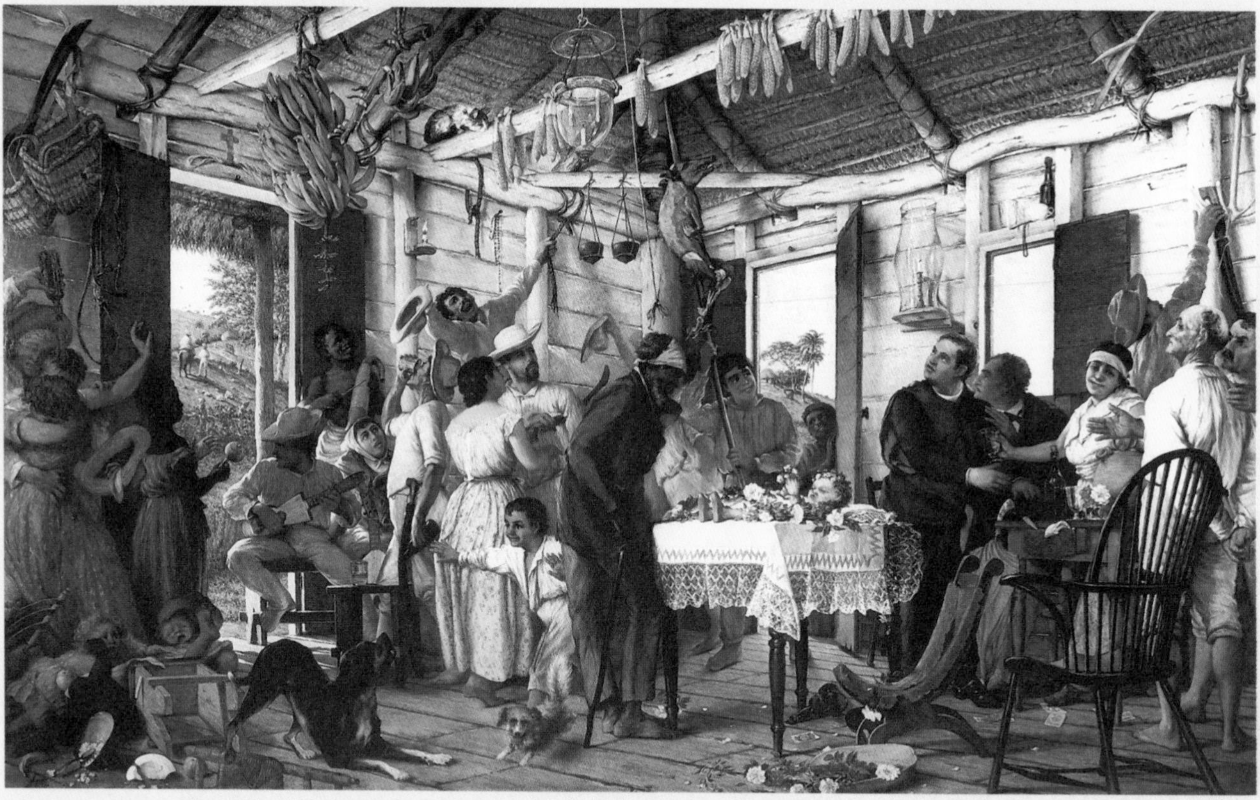

Todos los cuentos populares contienen tanto lecciones morales, como la importancia del valor, como lecciones prácticas, como cómo actuar cuando fallece un ser querido. Así sucede con TUP Y LAS HORMIGAS: enseña a todo aquel que quiera prestar atención el valor de la inteligencia y de no obedecer las órdenes al pie de la letra, pero también nos da instrucciones acerca de cómo plantar un cultivo. La historia de Tup procede de la península de Yucatán, en el suroeste de México, donde, en la antigüedad, se cultivaron por primera vez el maíz y los tomates. Los colonizadores españoles llevaron estas y otras muchas frutas y verduras al resto del mundo, y ahora podemos encontrarlas en casi todas partes. Los agricultores mayas y aztecas empleaban un método tradicional denominado milpa para plantar sus cultivos. Aún hoy, los agricultores de la milpa o milperos, al igual que Tup, talan y queman extensiones de bosques tropicales para convertirlas en terrenos fértiles donde cultivar el maíz. Los campesinos van rotando además sus cultivos para asegurarse de no agotar la tierra. Este método requiere mucha paciencia y planificación por adelantado, gran parte de lo cual se explica en el cuento.

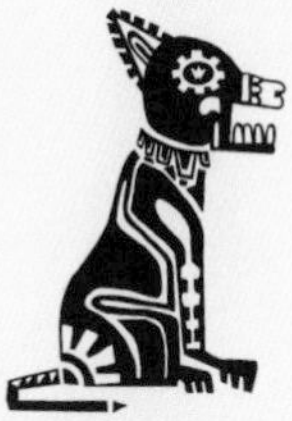

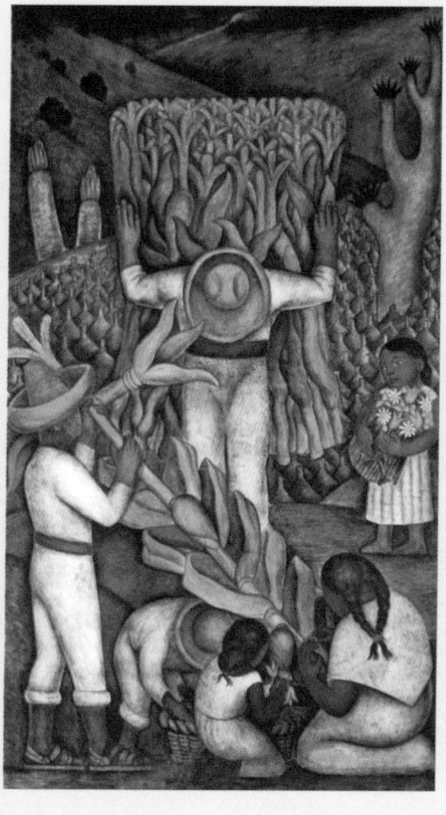

Diego Rivera, un pintor mexicano mundialmente famoso, retrató en numerosos murales las herramientas y técnicas empleadas en la agricultura local.

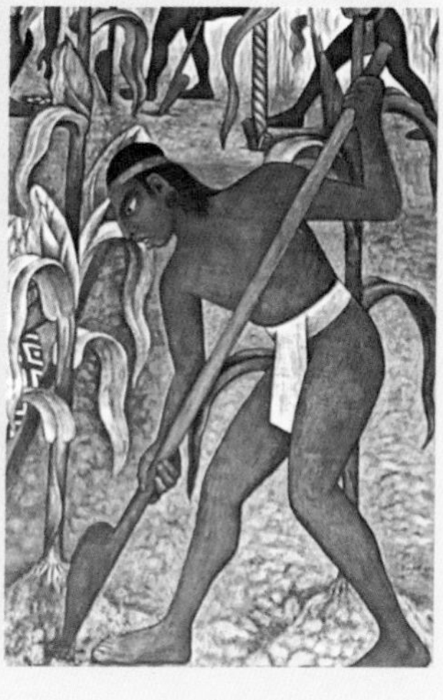

CUENTA TU PROPIO CUENTO

Forma parte de la tradición oral el que cada narrador adorne los cuentos a su manera y los haga así suyos. Los cuentacuentos acostumbran a usar frases hechas para captar la atención del público al inicio y al final de cada cuento. Estas son algunas de ellas, en español y en inglés:

¿Quieres que te cuente un cuento?
Do you want to hear a story?

Había una vez.../ Érase una vez...
Once upon a time...

Hace mucho tiempo...
A long time ago...

Cuentan que...
The story goes that...

En un país muy lejano...
In a far-off land...

En la tierra del olvido, donde de nada nadie se acuerda, había...
In the land where all is forgotten, where no one remembers anything, there was...

...y colorín colorado, este cuento se ha acabado.
...and so, my fine-feathered friend, now the story has found an end.

...y vivieron felices para siempre.
...and everyone lived happily ever after.

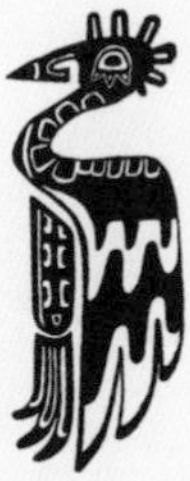

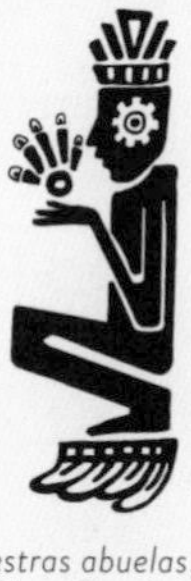

De *Cuentos que contaban nuestras abuelas*, por F. Isabel Campoy y Alma Flor Ada

---

Tup, Martina Martínez, el Ratoncito Pérez y la matadragones nos brindan diferentes lecciones del pasado y nos enseñan cómo prepararnos para el futuro. Puede que los detalles de sus historias varíen según quién las cuente, pero los valores que reflejan –de la fe al amor o la lealtad– son eternos.

SOBRE LOS AUTORES

JAIME HERNANDEZ es el co-creador, junto a sus hermanos Gilbert y Mario, de la serie de cómic *Amor y cohetes*. Desde la publicación del primer número de *Amor y cohetes* en 1981, Jaime ha sido galardonado con un Premio Eisner, 12 Premios Harvey y el Premio Literario de *Los Angeles Times*. El *New York Times Book Review* lo reconoce como "uno de los artistas con más talento que nuestra cultura políglota ha producido". Jaime decidió crear LA MATADRAGONES, su primer libro para lectores jóvenes, porque "me pareció interesante hacer algo distinto de mis habituales cómics para adultos". Leyó montones de cuentos populares hasta elegir estos tres. ¿Qué encontró en ellos de especial? Quizá se vio reflejado en sus personajes. Jaime dice: "No soy tan valiente como la matadragones, pero puedo ser tan sensible como ella. Soy tan vago como Tup, aunque no tan ingenioso. No soy tan vanidoso como Martina, pero puedo ser igual de necio".

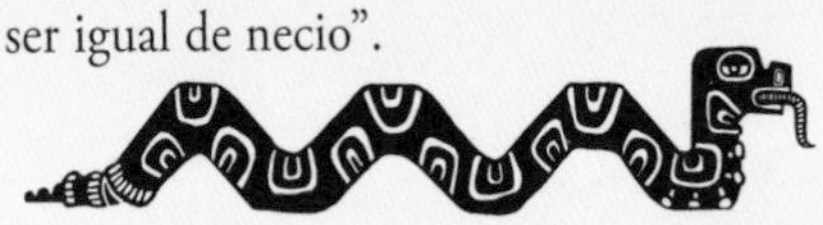

F. ISABEL CAMPOY y **ALMA FLOR ADA** son autoras de numerosos libros infantiles premiados, incluyendo "Cuentos que contaban nuestras abuelas", una colección de cuentos populares hispanos en la que se incluye MARTINA MARTÍNEZ Y EL RATONCITO PÉREZ. Alma Flor dice: "Mi momento favorito del cuento es cuando sacan a Ratón Pérez de la olla de sopa". Como investigadoras dedicadas al estudio de la lengua y la educación, a Isabel y Alma Flor les encanta compartir la cultura latina e hispana con los lectores jóvenes. "Los cuentos populares son una valiosa herencia que hemos recibido del pasado, y debemos atesorarlos y transmitirlos", dice Isabel. "Si no tienes raíces, no tendrás frutos".

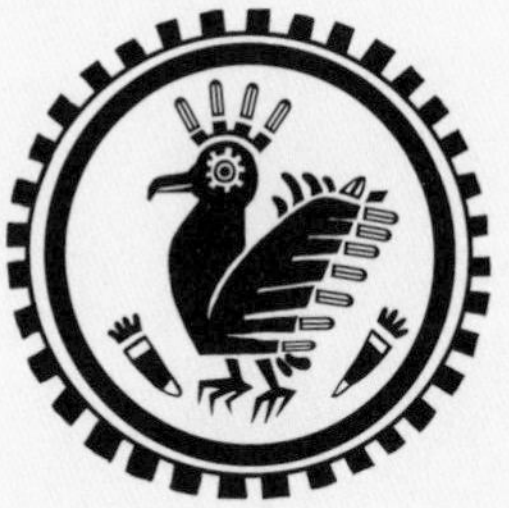

BIBLIOGRAFÍA

Cuentos que contaban nuestras abuelas: Cuentos populares hispánicos, F. Isabel Campoy y Alma Flor Ada (Autoras), Aladdin libros en rústica, 2007. *Doce cuentos de procedencia diversa de la cultura hispánica. Edad 5-10.*

Latin American Folktales: Stories from the Hispanic and Indian Tradition, John Bierhorst, Pantheon Books, 2002. *Colección de relatos latinoamericanos procedentes de veinte países.*

The Monkey's Haircut and Other Stories Told by the Maya, John Bierhorst y Robert Andrew Parker (Ilustrador), William Morrow and Company, 1986. *Colección de veintidós relatos tradicionales mayas.*

Fiesta femenina: Homenaje a las mujeres a través de historias tradicionales mexicanas, Mary-Joan Gerson, Barefoot Books, 2003. *Ocho relatos de mujeres extraordinarias del folclore mexicano. Edad +8.*

Mexican-American Folklore, John O. West, August House, 2005. *Una muestra de refranes, acertijos, cuentos y canciones populares de la tradición mexicano-americana.*

The Day It Snowed Tortillas / El Día Que Nevaron Tortillas: Folktales told in Spanish and English, Joe Hayes y Antonio Castro Lopez, Cinco Puntos Press, 2003. *Una colección de cuentos del folclore mágico de Nuevo México para un público moderno. Edad 10-12.*

Horse Hooves and Chicken Feet: Mexican Folktales, Neil Philip (Editor) & Jacqueline Mair (Ilustradora), Clarion Books, 2003. *Quince cuentos clásicos populares mexicanos. Edad 5-8*

Mango, Abuela, and Me, Meg Medina (Autora) y Angela Dominguez (Ilustradora), Candlewick, 2015. *Una niña y su abuela superan la barrera idiomática. Edad 5-8.*

Recursos en línea:

WWW.AMERICANFOLKLORE.NET
Cuentos populares, mitos, leyendas, cuentos de hadas, supersticiones, creencias relacionadas con la meteorología y relatos de fantasmas de toda América.

WWW.SURLALUNEFAIRYTALES.COM
Ofrece más de 40 libros electrónicos, incluyendo antologías de cuentos de hadas y folclore, textos críticos, poesía y ficción.

WWW.PITT.EDU/~DASH/FOLKTEXTS.HTML
Ofrece una gran variedad de textos folclóricos y mitológicos, clasificados en grupos de relatos relacionados.

HTTP://ONLINEBOOKS.LIBRARY.UPENN.EDU/
Un índice de más de dos millones de libros de libre acceso (hacer una búsqueda por "subject: tales").

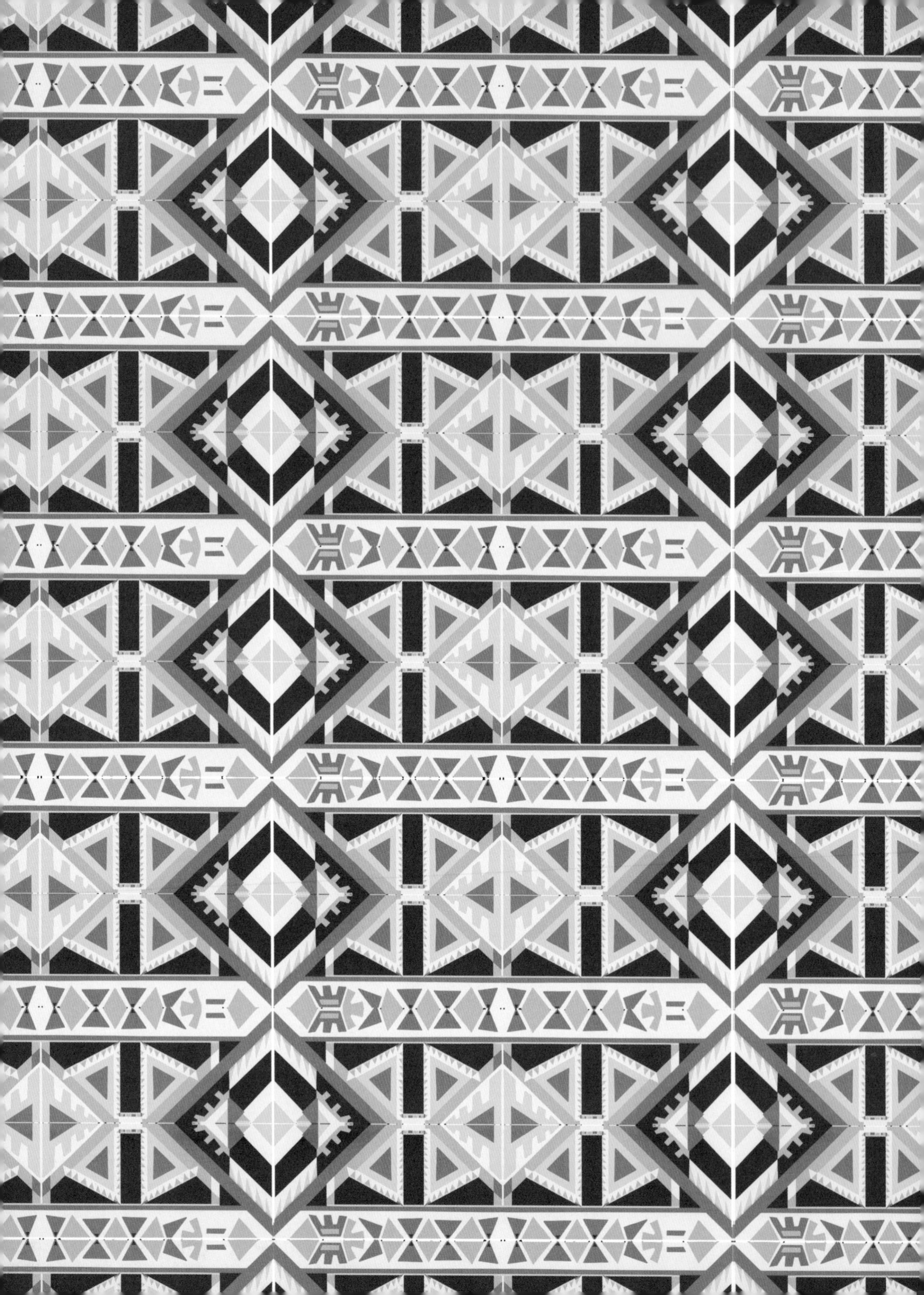